अवधी मुहावरे
एवं
लोकोक्तियाँ

अवधी मुहावरे एवं लोकोक्तियाँ

डॉ. जी.एस. श्रीवास्तव

प्रकाशक • **प्रभात प्रकाशन प्रा. लि.**
4/19 आसफ अली रोड,
नई दिल्ली–110002

संस्करण • 2025
मूल्य • चार सौ रुपए
मुद्रक • प्रिंट मीडिया, नई दिल्ली

AWADHI MUHAVARE EVAM LOKOKTIYAN
by Dr. G.S. Shrivastava ₹ 400.00
Published by Prabhat Prakashan, 4/19 Asaf Ali Road, New Delhi-2
e-mail: prabhatbooks@gmail.com ISBN 978-93-5266-627-0

संदेश

मुझे अत्यंत हर्ष हो रहा है कि 'अवधी लोकोक्तियाँ एवं मुहावरे' का संकलन डॉ. गिरिजा शंकर श्रीवास्तव, पूर्व उप महानिदेशक, भारतीय भू-वैज्ञानिक सर्वेक्षण द्वारा प्रकाशित किया जा रहा है। हिंदी की उप भाषा अवधी लखनऊ के आस-पास के जनपदों (ब्रिटिश अवध प्रांत) में बोली-समझी जाती है। आज के सूक्ष्म संदेश के युग में मुहावरों व लोकोक्तियों का उपयोग नगण्य हो चला है और कालांतर में इस धरोहर के लुप्त हो जाने की संभावना है। इस दृष्टि से डॉ. श्रीवास्तव द्वारा अवधी की यह धरोहर सुरक्षित रखने का प्रयास सराहनीय है। डॉ. श्रीवास्तव स्वयं अवध क्षेत्र के रायबरेली जनपद से संबंध रखते हैं और उनकी आरंभिक शिक्षा-दीक्षा रायबरेली में ही हुई, जहाँ वे अपने समय के मेधावी छात्रों में से थे। भूविज्ञान के सुदूर संवेदन विधा की देश के अग्रिम पंक्ति के वैज्ञानिक होने के अतिरिक्त उनका वैदिक सरस्वती पर शोध तथा भूसूचनिकी विषय मे परा-स्नातक स्तर की पाठ्य-पुस्तक का प्रकाशन महत्त्वपूर्ण है। इस विषय पर भी उनका योगदान महत्त्वपूर्ण होगा, ऐसा मेरा विश्वास है। मैं इस अवसर पर पुनः अपनी शुभकामनाएँ व्यक्त करता हूँ।

नई दिल्ली

—डॉ. राकेश तिवारी

महानिदेशक, भारतीय पुरातात्त्विक सर्वेक्षण,

भारत सरकार

प्राक्कथन

भाषा किसी भू-भाग की सभ्यता की आत्मा होती है और इसको आत्मसात् कर न केवल अभूतपूर्व आत्मतृप्ति का अनुभव होता है, वरन् आत्मविश्वास भी बढ़ता है, जो किसी भी समाज की उन्नति की पहली शर्त है। किसी सशक्त भाषा के विकास में विभिन्न आंचलिक बोलियों का महत्त्वपूर्ण योगदान होता है। आज की सर्वव्यापी हिंदी के विकास में अवधी बोली ने अपनी समुचित भूमिका निभाई है। अत: हिंदी भाषा के स्वरूप को समझने के लिए अवधी को समझना आवश्यक है।

यह हर्ष का विषय है कि एक जाने-माने भू-वैज्ञानिक डॉ. जी.एस. श्रीवास्तव ने अवधी मुहावरों व लोकोक्तियों का संकलन एक पुस्तक के रूप में प्रस्तुत किया है। लोकोक्तियाँ और मुहावरे भाषा के संप्रेषण में सहायक होते हैं, क्योंकि मुहावरों के प्रयोग से एक जटिल स्थिति को सरलता से समझाया जा सकता है। लोकोक्तियाँ तो ज्ञानवर्धक ही होती हैं साथ ही परिस्थिति विशेष में उचित मार्गदर्शन भी कर सकती हैं। त्वरित संदेश के इस युग में भाषा से जीवंतता लुप्तप्राय हो रही है, ऐसे समय में यह संग्रह अवधी भाषाशैली की धरोहर साबित होगी, यह मेरा विश्वास है।

लेखक ने अवधी भाषाशैली के मुहावरों और लोकोक्तियों का वर्गीकरण अनाज एवं कृषि परिवेश, जानवरों, जातियों, रिश्तों, शरीर के अंगों तथा विविध भागों में संकलित किया है। यह सभी अध्याय विषय की दृष्टि से रोचक एवं ग्राह्य हैं। आशा ही नहीं, अपितु पूर्ण विश्वास है, यह संग्रह सामान्य पाठकगण एवं भाषाविद् तथा भाषा के शोध छात्रों में समान रूप से उपयोगी होगा। यह संग्रह हिंदी भाषा के लोकपक्ष को शास्त्रीय पक्ष से जोड़ने में बहुमूल्य सिद्ध होगा।

लखनऊ

—रवि भट्ट

मध्यकालीन अवध के इतिहासकार एवं
विभिन्न समाचार-पत्रों के स्तंभकार

प्रस्तावना

मुहावरे और लोकोक्तियाँ किसी भी भाषा को जीवंत बना देती हैं। यह बात संभवत: हिंदी भाषा पर अधिक लागू होती है, क्योंकि एक बड़ा हिंदीभाषी वर्ग गावों में रहता है, जहाँ शिक्षा का प्रसार अभी भी यथेष्ठ नहीं है। अत: किसी बात को सही तरीके से बताने के लिए मुहावरे और लोकोक्तियों का सहारा लिया जाता है। शिक्षित वर्ग में भी प्राय: किसी बात के मर्म को बताने के लिए लंबे विवरण के बजाय मुहावरे या लोकोक्तियों के द्वारा उसे सुगमता से और शुद्ध रूप में बताया जा सकता है। मुहावरे समाज की स्थितियाँ भी बताते हैं। मुहावरे और लोकोक्तियों में भेद किया जा सकता है। मुहावरे छोटे और किसी विशेष बात के संदर्भ, दृष्टांत या निष्कर्ष से बने होते हैं और धीरे-धीरे प्रचलित हो जाते हैं, जिनका उपयोग भाषा में संप्रेषण के साथ-साथ चुटीलापन भी प्रदान करता है। लोकोक्ति किसी पूर्व घटना की उपमा या दृष्टांत होने के साथ-साथ कुछ उपदेश या ज्ञान की बात भी बताती हैं।

हिंदी भाषा की अवधी शैली मुख्यत: लखनऊ-फैजाबाद के आस-पास के अवध क्षेत्र में बोली जाती है। मध्यकालीन ऐतिहासिक युग के उत्तरार्ध में अवध प्रांत, जिसमें लखनऊ, रायबरेली, सुल्तानपुर, फैजाबाद, बस्ती, गोंडा, बहराइच, सीतापुर, लखीमपुर, शाहजहाँपुर, हरदोई, उन्नाव जनपद सम्मिलित थे, में नवाबों का शासन था, अत: अवधी में उर्दू की मिठास स्पष्टतया देखी जा सकती है। गोस्वामी तुलसीदास कृत रामायण भी अवधी भाषा में लिखी गई है, जो जनमानस में पूरी तरह संपृक्त है। अत: कई लोकोक्तियाँ रामायण से संबंधित हैं। इसी तरह कबीरदास तथा रहीम के दोहे भी बातचीत के दौरान कहे जाते हैं।

प्रस्तुत पुस्तक में अवधी मुहावरों और लोकोक्तियों का संकलन किया गया

है। इसमें ठेठ अवधी मुहावरों के साथ-साथ हिंदी-उर्दू में प्रचलित मुहावरों का भी समावेश किया गया है। कारण कि हिंदी की विभिन्न भाषा शैलियों में विभाजन की रेखा सुस्पष्ट न हो सकती है और न है। मुहावरों और लोकोक्तियों का वर्गीकरण अनाज एवं कृषि परिवेश, जानवरों, जातियों, शरीर के अंगों और विविध भागों में किया गया है। पुस्तक के अंतिम अध्याय में इन सभी मुहावरों और लोकोक्तियों को अक्षरानुसार सूचीबद्ध किया गया है, जिससे किसी भी मुहावरे को ढूँढ़ने में आसानी रहे। आशा है, यह प्रयास सभी को रोचक लगेगा, विशेष रूप से अवधी भाषा में रुचि रखनेवालों को तथा आनेवाली पीढ़ियों के लिए संभवत: यह अमूल्य धरोहर सिद्ध होगी, क्योंकि 'त्वरित संदेश' के इस युग में भाषा की जीवंतता लुप्त हो रही है।

—डॉ. जी.एस. श्रीवास्तव

आभार

गाँव के परिवेश में पले-बढ़े एवं रायबरेली व लखनऊ में शिक्षा-दीक्षा होने के कारण अवधी मुहावरों ने मुझे सदैव आकर्षित किया। सेवानिवृत्ति के पश्चात् इन मुहावरों एवं लोकोक्तियों का संकलन आरंभ हुआ, जिसमें मेरी धर्मपत्नी, उषाजी का योगदान रहा, क्योंकि गोंडा में उन्होंने अपनी माँ को इन मुहावरों का प्रयोग करते हुए प्रायः सुना था। संकलन का कार्य कुछ और बढ़ने पर भारतीय प्रशासनिक सेवा में कार्यरत मेरी पुत्रियों, निधि खरे एवं नीति सरकार ने जब इसे देखा तो उनकी त्वरित प्रतिक्रिया थी कि इसे और विस्तृत कर एक पुस्तक के रूप में प्रकाशित किया जाए और वे इस ओर निरंतर प्रेरित करती रहीं। यह कार्य मुख्यतः मेरे पुत्र आशीष शंकर व पुत्रवधू डॉ. श्वेता सिन्हा के सुंदर एवं शांत आवास, साउथलेक, टेक्सास (संयुक्त राज्य अमरीका) पर हो पाया। आशीष ने कंप्यूटर पर लिप्यांतर में सहायता की तथा श्वेता ने स्वादिष्ट विदेशी व्यंजनों और पेय पदार्थों से मेरी कार्यक्षमता बनाए रखी। इन सभी के योगदान के बिना यह कार्य संपन्न नहीं हो सकता था।

यहाँ मैं साउथलेक निवासी डॉ. सैयद हलीम साहब का जिक्र करूँगा, जिनका पैतृक संबंध लखनऊ के मलीहाबाद से था और वे लखनऊ में पले-बढ़े थे। कालांतर में वे चिकित्सा क्षेत्र में विशेषज्ञता अर्जित करने के पश्चात् अमरीका में रच-बस गए। उर्दू के मुहावरों की जानकारी, जो अधिकतर अवधी में भी प्रयुक्त होते हैं, हलीम साहब ने ही उपलब्ध कराई तथा उसपर चर्चा भी होती रही। डॉ. यूनुस अगास्कर द्वारा लिखित 'उर्दू कहावतें' पुस्तक से भी उर्दू मुहावरे इस पुस्तक में साभार संकलित किए गए हैं।

—डॉ. जी.एस. श्रीवास्तव

अनुक्रम

अनाज एवं कृषि परिवेश संबंधी मुहावरे

भारत मुख्यत: कृषि प्रधान देश रहा है, जो न्यूनाधिक मात्रा में अभी भी विद्यमान है। अत: अनाज एवं कृषि परिवेश संबंधी लोकोक्तियों और मुहावरों का प्रचलन सर्वाधिक रहा है। इस खंड में मुहावरे एवं लोकोक्तियाँ अक्षरों के आधार पर संग्रहीत किए गए हैं, जिसका विस्तृत वर्णन मुहावरों की सारणी में दिया गया है। कोष्ठक में दी गई संख्या सारणी की मुहावरों की संख्या दरशाती है। यही परिपाटी अन्य खंड में भी अपनाई गई है।

अकल घास चरने गई (3)

अर्थ : दिमाग का उपयोग न करना। जैसे 'इस तरह का गलत निर्णय लेने के पहले क्यों नहीं सोचा, क्या अकल घास चरने गई थी'।

अकल बढ़े सोच से, रोटी बढ़े लोच से (5)

अर्थ : लोकोक्ति का अर्थ है कि सोचने विचारने से बुद्धि का विकास होता है और आटे में लोच होने से रोटी बढ़ती/बड़ी बनती है।

अकेल लकड़ी कहाँ तक जलै (8)

अर्थ : अकेले व्यक्ति का गुजर–बसर ज्यादा देर तक नहीं चलता।

अकेला चना भाड़ नहीं फोड़ सकता (9)

अर्थ : किसी अकेले व्यक्ति से कोई बड़ा काम नहीं हो सकता है। अर्थात् किसी बड़े काम को करने के लिए बहुत लोगों के सहयोग की आवश्यकता होती है।

अगहर खेती अगहर मार (12)

अर्थ : खेती करने और लड़ाई–झगड़े में मारने में पहल करनेवाला ही जीतता है।

अंगूर खट्टे हैं (13)

अर्थ : इस मुहावरे के पीछे एक लोमड़ी की कहानी है। लोमड़ी बाग में जाती है, पर कई बार प्रयास करने पर भी वह अंगूर पाने में सफल नहीं हो पाती। अंततः यह कहकर कि अंगूर खट्टे हैं, वह वापस लौट जाती है। यदि किसी कार्य में सफलता न मिले तो उसे यह कहकर छोड़ देना कि वह कार्य लाभप्रद नहीं है। ऐसी स्थिति में इस मुहावरे का प्रयोग किया जाता है।

अढ़ाई चावल अलग पकाना (17)

अर्थ : सदैव अपनी राय या मत औरों से अलग रखना।

अध जल गगरी, छलकत जाय (19)

अर्थ : अल्पज्ञान का व्यक्ति अधिक प्रदर्शन करता है, जैसे गगरी में आधा जल भरा होने पर वह अधिक छलकती है।

अँधेर नगरी, चौपट राजा। टका सेर भाजी, टका सेर खाजा।। (29)

अर्थ : इस लोकोक्ति का शाब्दिक अर्थ है कि वह शहर अंधकार में डूबा है और उसका राजा अकर्मण्य है, जहाँ सब्जी और मिष्ठान्न एक ही भाव बिकते हैं। अर्थात् गुणी और अज्ञानी जनों में जहाँ कोई फर्क नहीं समझा जाता, ऐसा राज्य व उसका राजा विनाश की ओर अग्रसर है।

अपनी चिलम भरने को और का झोंपड़ा फूँकना (45)

अर्थ : अपने स्वार्थ के लिए दूसरे का नुकसान करना।

अपने मट्ठे को कौन खट्टा कहता है (48)

अर्थ : अपनी वस्तु को कोई खराब नहीं कहता।

अमानत में खयानत तो जमीन भी नहीं करती (54)

अर्थ : जमीन में धन रखने से वह वैसा ही वापस मिल जाता है। अर्थात् किसी की दी हुई अमानत से छेड़-छाड़ करना ठीक नहीं।

अलबेली ने पकाई खीर, दूध की जगह डाला नीर (56)

अर्थ : मनमौजी व्यक्ति किसी काम को करते समय कुछ का कुछ कर देते हैं। अर्थात् मनमौजी व्यक्ति स्थिरचित्त नहीं होते।

आओ-जाओ घर तुम्हारा, खाना माँगे दुश्मन हमारा (59)

अर्थ : घर में आने-जाने की छूट है, पर खाना न माँगना।

आगे नाथ न पीछे पगहा (93)

अर्थ : किसी तरह का बंधन न होना, स्वतंत्र रहना।

आज के उपले, आज ही नहीं जलते (96)

अर्थ : कोई काम तुरंत ही नहीं हो जाता। समकक्ष, हथेली पर सरसों उगाना।

आटे-दाल का भाव जानना (100)

अर्थ : पारिवारिक जिम्मेदारी की बारीकियाँ जानना। जैसे 'जब तुम खुद घर चलाओगे तो आटे-दाल का भाव पता चलेगा'।

आदमी को ढाई गज जमीन काफी (109)

अर्थ : इस मुहावरे का शाब्दिक अर्थ है कि मरने के बाद दफनाने के लिए उसे ढाई गज जमीन ही काफी होती है। अर्थात् लालच के वश में आकर आवश्यकता से अधिक धन-वैभव एकत्र करना उचित नहीं है।

आम के आम, गुठलियों के दाम (126)

अर्थ : इस मुहावरे का शाब्दिंक अर्थ है कि आम का फल खाने के अलावा इसकी गुठलियों का भी प्रयोग किया जाता है। अर्थात् किसी वस्तु का उपयोग करने के बाद उसके अवशिष्ट का भी यदि उपयोग किया जा सकता है, तो ऐसी स्थिति में इस मुहावरे का उपयोग किया जाता है।

आम खाने से मतलब या पेड़ गिनने से (127)

अर्थ : अपने काम-से-काम रखना, इधर-उधर की बातों से नहीं।

आम पाल का, खरबूजा डाल का और पानी ताल का (129)

अर्थ : कृत्रिम रूप से पकाया हुआ आम, तुरंत का तोड़ा हुआ खरबूजा और तालाब में इकट्ठा हुआ पानी, इन तीनों का स्वाद बहुत अच्छा नहीं होता है।

आई मौत फकीर की, दिया झोंपड़ा फूँक (132)

अर्थ : फकीर (संन्यासी) की मौत आने से पहले उसने झोंपड़ी फूँककर सारे बंधन मुक्त कर लिये।

आए थे हरि भजन को, ओटन लगे कपास (135)

अर्थ : भगवत भजन करने के बजाय दूसरी बातें करना। अर्थात् जिस काम के लिए आए थे, उसके आलावा और बातों में व्यस्त रहना।

आँवे का आँवाँ खराब (बिगड़ा हुआ) है (137)

अर्थ : पूरा तंत्र ही बिगड़ जाना।

आसमान से गिरा खजूर में अटका (141)

अर्थ : बड़ी मुश्किल से छूटने पर छोटी मुश्किल में फँस जाना।

ओस के चाटे कहीं प्यास बुझती है (142)

अर्थ : थोड़ा सामान मिलने पर संतुष्ट न होना।

इतना झूठ बोलो, जितना आटे में नामक (144)

अर्थ : थोड़ा झूठ बोलना चल सकता है।

इन तिलों में तेल नहीं (146)

अर्थ : बहुत अनुनय-विनय के बाद भी कुछ प्राप्त न होना।

इहाँ कुम्हड़ बतिया केयु नाहीं, जो तर्जनी देखि मरि जाहीं (151)

अर्थ : यह लोकोक्ति रामायण से ली गई है, जिसका संदर्भ धनुष टूटने के बाद परशुराम के क्रोध का लक्ष्मण द्वारा जवाब है कि यहाँ कोई कद्दू की बतिया जैसा नहीं है, जो पहली उँगली देखते ही मर जानेवाला हो। अर्थात् यहाँ कोई धमकियों से डरनेवाला नहीं है। ऐसी स्थिति में इस लोकोक्ति का प्रयोग किया जाता है।

ईंट का जवाब पत्थर से (152)

अर्थ : किसी की बात का जवाब बढ़कर देना।

ईश्वर देता है तो छप्पर फाड़ के देता है (154)

अर्थ : ईश्वर की कृपा के लिए किसी दरवाजे की जरूरत नहीं।

उठौ बूढ़ा साँस लेव, चकिया छोड़ौ, जांत लेव (157)

अर्थ : काम के बाद कुछ विश्राम पाने के लिए और कठिन काम करने का सुझाव देना।

उत्तम खेती, मध्यम बान, निषिध चाकरी, भीख निदान (159)

अर्थ : इस लोकोक्ति का अर्थ है कि विभिन्न कार्यों में खेती सर्वोत्तम है, वाणिज्य मध्यम श्रेणी में, नौकरी निकृष्ट श्रेणी में तथा भीख माँगना अंतिम विकल्प है।

उधार का खाना, फूस का तापना बराबर (161)

अर्थ : उधार के पैसे में बरकत नहीं होती, उधार का पैसा देर तक नहीं टिकता।

एक अनार, सौ बीमार (175)

अर्थ : एक वस्तु के लिए बहुत लोगों की चाहत होना।

एक चने की दो दालें (181)

अर्थ : प्रगाढ़ मित्रता होना, जैसे एक चने की दो दालों (चने के दो भाग) के समान।

एक टका मेरी गाँठी, कद्दू खाऊँ कि माटी (185)

अर्थ : किसी व्यक्ति के पास थोड़े ही पैसे थे और वह असमंजस में था कि अब किस तरह गुजर-बसर हो पाएगा।

एक तो करेला, दूसरे नीम चढ़ा (188)

अर्थ : एक बुराई पहले से थी, फिर दूसरी बुराई पकड़ ली। ऐसी स्थिति में इस मुहावरे का प्रयोग किया जाता है।

एक तो मियाँ ऊँघते, तिस पर खाई भंग (190)

अर्थ : एक समस्या पहले से थी, उसको बढ़ाने के लिए दूसरी बड़ी समस्या ले आना।

एक हाथ ककरी, नौ हाथ बिया (203)

अर्थ : अतिशयोक्तिपूर्ण वर्णन करना, किसी बात को बढ़ा-चढ़ाकर बताना।

ओखली में सिर दिया, तो मूसल से क्या डरना (209)

अर्थ : शाब्दिक अर्थ यह है कि जब ओखली (धान कूटने का बड़ा बरतन) में सिर रख दिया है तो उसपर मूसल चलेंगे ही। अर्थात् किसी समस्या से जूझने का मन बना लेने पर मुश्किलों का सामना करना ही पड़ता है।

कंगाली में आटा गीला (211)

अर्थ : एक मुश्किल के समय दूसरी मुश्किल का आ जाना।

कपड़ा पहिनै तीन वार, बुध बृहस्पत शुक्रवार, हारे खांगे एतवार। (217)

अर्थ : नया कपड़ा तीन दिन, बुध, बृहस्पति या शुक्रवार से पहनना आरंभ करना चाहिए। अगर बहुत जरूरी हो तो रविवार को भी शुरुआत की जा सकती है। इस लोकोक्ति के पीछे क्या वैज्ञानिक आधार है, कहा नहीं जा सकता है।

कपास जहाँ जाएगी, ओटी जाएगी (218)

अर्थ : निर्धन व्यक्ति ही हमेशा पिसता रहता है।

कबिरा तेरी झोंपड़ी गल कटुअन के पास, जो करैगा सो भरैगा, तू क्यों भया उदास (220)

अर्थ : यह लोकोक्ति कबीरदासजी की रचना है, जिसका अर्थ है कि यदि तेरा निवास दुष्टों के बीच है तो भी तुझे उदास होने की जरूरत नहीं है, क्योंकि जो जैसा करता है, उसे वैसा ही फल मिलेगा।

कभी गाड़ी नाव पर, कभी नाव गाड़ी पर (221)

अर्थ : स्थितियाँ बदलती रहती हैं, दो व्यक्ति या वस्तुएँ एक-दूसरे की पूरक हो सकती हैं।

कभी घी घना, कभी मुट्टी भर चना (222)

अर्थ : कभी अच्छे दिन, कभी बुरे दिन आते-जाते रहते हैं।

कभी घूरे के दिन भी फिरते (बहुरते) हैं (223)

अर्थ : गरीब के दिन भी बदलते हैं, वह भी संपन्न हो जाता है। मुहावरे को दोनों तरह से प्रयोग किया जाता है।

क्या चंदन की चुटकी, क्या गाड़ी भरी काठ (229)

अर्थ : चंदन की एक चुटकी, काठ की भरी गाड़ी से ज्यादा महँगी है।

करिया बादर जिव डरवावै, भूरा बादर पानी लावै (234)

अर्थ : काला बादल डराता है, पर बरसता नहीं, जबकि भूरा बादल बरसता है। इस लोकोक्ति द्वारा मौसम संबंधी जानकारी दी गई है।

करु बहियाँ बल आपनी, छाँड़ बिरानी आस। जाके आँगन है नदी, सो कस मरै पियास।। (236)

अर्थ : स्वयं में ताकत पैदा करनी चाहिए, जिससे अपनी जरूरतें पूरी हो सकें, दूसरों से आशा नहीं रखनी चाहिए। जिसके घर में नदी है, वह प्यासा नहीं रहता। अर्थात् दूसरों की संपन्नता से आशा नहीं रखनी चाहिए, स्वयं पर भरोसा रखना चाहिए।

कलई खुलना (239)

अर्थ : बहरी दिखावटी स्वरूप का हट जाना, असलियत का पता चल जाना।

कहने को नन्हीं, खाय जाएँ धन्नी (243)

अर्थ : कई दुबले-पतले और छोटे व्यक्ति अधिक खुराकवाले होते हैं।

कहे से कोई कुएँ में नहीं गिरता (248)

अर्थ : किसी के कहने से कोई गलत काम नहीं करता है। लोग अपनी इच्छा के अनुसार ही काम करते हैं।

कहो दिन की सुनैं रात की, कहो खेत की सुनैं खलिहान की (249)

अर्थ : जो कहा जाए उसका उल्टा ही सुनते या समझते हैं, ऐसी स्थिति में इस मुहावरे का प्रयोग किया जाता है। समकक्ष, 'रानों गावैं आन, भवानों गावैं आन'।

काठ की हाँड़ी एक बार चढ़ती है (255)

अर्थ : इस लोकोक्ति का भावार्थ यह है कि बनावटी बातों से लोगों को एक बार ही बेवकूफ बनाया जा सकता है।

काम का न काज का, सेर भर अनाज का (265)

अर्थ : आलसी व्यक्ति किसी काम का नहीं होता, वह सिर्फ डटकर खाता रहता है।

किस खेत की मूली (273)

अर्थ : बहुत से सक्षम लोग जिस काम को न कर पा रहे हों, वहाँ एक सामान्य व्यक्ति काम को पूरा करने की बात करे, तो कहा जाएगा—'आप किस खेत की मूली हैं'।

कुआँ खोदकर पानी पीना (277)

अर्थ : किसी छोटे काम के लिए भी कड़ी मेहनत करना। रोज कमाना और खाना। समकक्ष, उर्दू में 'फाकामस्ती'।

कुआँ बेचा है, कुएँ का पानी नहीं बेचा (278)

अर्थ : मुख्य वस्तु बेचने पर उससे लगी हुई वस्तु का उपयोग किया जा सकता है।

कुछ खरबूजा मीठा, कुछ ऊपर से डाला कंद (280)

अर्थ : किसी वस्तु में कुछ अच्छाई पहले से थी और कुछ कृत्रिम रूप से बढ़ाई गई।

कोठीवाला रोए, छप्परवाला सोए (295)

अर्थ : धनवान व्यक्ति प्राय: धन की चिंता से ग्रस्त रहते हैं, जबकि निर्धन व्यक्ति चैन से सोता है, क्योंकि उसे किसी वस्तु के खोने का डर नहीं रहता।

खटाई में पड़ना (304)

अर्थ : किसी काम का अनिश्चय की स्थिति में पहुँच जाना। जैसे, 'हड़ताल के कारण वेतन बढ़ाने का मामला खटाई में पड़ गया'।

खरबूजा खरबूजे को देखकर रंग बदलता है (305)

अर्थ : दूसरे को देखकर कई लोग वैसे ही कार्य करने लगें, तो ऐसी स्थिति में इस मुहावरे का प्रयोग किया जाता है।

खरबूजा पर छुरी गिरे या छुरी पर खरबूजा, कटता खरबूजा ही (306)

अर्थ : लड़ाई झगड़े में कमजोर व्यक्ति ही मार खाता है।

खरी मजूरी, चोखा काम (307)

अर्थ : यदि मजदूरी ठीक मिलती है तो काम भी ठीक होना चाहिए।

खाय चना, रहै बना (311)

अर्थ : लोकोक्ति का अर्थ है कि चने के व्यंजन खाने से तंदुरुस्ती बनी रहती है।

खाय मूँग, रहै ऊँघ (313)

अर्थ : मूँग खाने से पेट को आराम मिलता है और नींद आ जाती है।

खुल्थी/कुल्थी का पानी (329)

अर्थ : सारे फसाद की जड़ होना। मुहावरे को दोनों तरह से प्रयोग किया जाता है।

खूँटा गाड़ के बैठना (332)

अर्थ : एक स्थिति में मजबूती से डटे रहना।

खेती राखै बाड़ को, बाड़ राखै खेती को (338)

अर्थ : एक-दूसरे की सहायता करने से एक-दूसरे की रक्षा भी होती है।

गँजेड़ी/मतलबी यार किसके, दम लगा के खिसके (341)

अर्थ : गाँजा या चरस पीनेवाले किसी के दोस्त नहीं होते, वे चरस की दम लगाकर निकल लेते हैं। इसी तरह स्वार्थी लोग अपना काम निकल जाने पर दूर हो जाते हैं।

गुड़ खाएँ, गुलगुला से परहेज (365)

अर्थ : मुख्य बात या वस्तु को पसंद करना, पर उसके विन्यास को नापसंद करना।

गुड़ गोबर होना (366)

अर्थ : किसी असावधानी के कारण अच्छी वस्तु का खराब हो जाना।

गुड़ दिए मरै तो विष क्यों दे (367)

अर्थ : यदि मीठी बातों से ही काम बन जाता हो तो हिंसक होने की क्या आवश्यकता है ?

गुड़ न देय, गुड़ जैसी बात तौ करै (368)

अर्थ : यदि कोई कुछ दे नहीं सकता तो वह बात तो मीठी कर ही सकता है।

गुड़ भरी हँसिया, न खाते बनै न उगलते बनै (369)
अर्थ : दो विरोधाभासी परिस्थितियों में फँस जाना। समकक्ष, 'भई गति साँप छछूँदर केरी'।

गुरु गुड़ रहे, चेला सक्कर होय गए (374)
अर्थ : स्वयं तो वही रहे, पर जिसे सिखाया, वह बहुत प्रगति कर गया।

गेहूँ/आटे के साथ घुन पिसता है (377)
अर्थ : अपराधी व्यक्ति के साथ उसके निर्दोष संगी-साथी भी कानून के लपेटे में आ जाते हैं। मुहावरा दोनों तरह से प्रयोग किया जाता है।

घर के चिराग से ही आग लगना (387)
अर्थ : घर के पुत्र या सदस्य द्वारा बड़ा नुकसान हो जाना।

घर दूर, बोझ भारी (390)
अर्थ : यदि बोझ भारी है और घर दूर है तो यह बड़ी कष्टप्रद स्थिति होती है। अर्थात् मंजिल दूर है और उत्तरदायित्व अधिक हों, तो ऐसी स्थिति में इस मुहावरे का प्रयोग करते हैं।

घर में भूँजी भाँग नहीं, बाहर न्योते सात (394)
अर्थ : घर में विपन्नता है, फिर भी बाहर के बहुत से लोगों को खाने पर बुला लिया।

घाम म कंडा होना (396)
अर्थ : धूप में सूखना, कड़ा परिश्रम करना।

घी गिर गया, मुझे रूखी ही भाती (397)
अर्थ : घी गिर जाने पर यह कहना कि मुझे सूखी रोटी अच्छी लगती है। अर्थात् नुकसान को छिपाने के लिए यह कहना कि नुकसान मेरे हित में ही है। समकक्ष, 'अंगूर खट्टे हैं'।

घी गिरा तो दाल ही में (398)

अर्थ : अगर थोड़ा नुकसान हुआ भी, तो उससे अपने किसी का फायदा होना।

चंदन की लकड़ी नहीं जलाते (410)

अर्थ : चंदन की लकड़ी सुगंधित और महँगी होती हैं, अतः इसे भट्ठी में जलाने के लिए इस्तेमाल नहीं करते।

चना का चबाना और शहनाई का बजाना एक साथ नहीं होता (411)

अर्थ : दो विरोधाभासी काम एक साथ नहीं किए जा सकते। समकक्ष, रामायण से 'हँसब ठेठाब, फुलाउब गालू'।

चना डालकर, खाने में साझा (412)

अर्थ : खाना बनाते समय अपने पास से कुछ चने डालकर व्यंजन में हिस्सेदारी माँगना।

चना महीना, घूँसा रोज (413)

अर्थ : इस मुहावरे के पीछे की कहानी यह है कि किसी नौकर की मजदूरी तय हुई कि उसे महीने बाद चना दिया जाएगा, पर उसे घूँसे रोज मिलेंगे। अर्थात् प्रताड़णा की स्थिति में नौकरी करना।

चरस बोना (416)

अर्थ : किसी के लिए कष्ट की स्थिति पैदा करना।

चिकना घड़ा (431)

अर्थ : शब्दार्थ, चिकने घड़े पर पानी नहीं ठहरता। अर्थात् असर न होना। जैसे 'उसे डाँट-फटकार और प्यार से कई बार समझाया, पर वह चिकना घड़ा है, उसकी गतिविधियों में कोई सुधार न हुआ'।

चिंता से चिता भली (433)

अर्थ : चिंता के कारण आदमी घुट-घुट कर मरता है, अतः मर जाना ही भला है।

चिराग गुल, पगड़ी गायब (435)

अर्थ : अँधेरे में इज्जत खोना।

चिराग तले अँधेरा (436)

अर्थ : पढ़े-लिखे परिवार में कुछ लोगों का अपढ़ रह जाना।

चिराग से चिराग जलता है (437)

अर्थ : पढ़े-लिखे लोगों के संपर्क में आकर दूसरा भी कुछ सीख जाता है।

चूनी भी कहे, मुझे घी से खाव (443)

अर्थ : शाब्दिक अर्थ, दाल की कनी से बनी रोटी घी के साथ अच्छी लगती है। भावार्थ—छोटे लोगों को भी बड़े लोगों के साथ उठने-बैठने की इच्छा रहती है।

चूल्हे आग न घड़े पानी (445)

अर्थ : घर के चूल्हे में न आग और न घड़े में पानी होना, अर्थात् भयंकर गरीबी या मुसीबत की स्थिति होना।

चैन की बाँसुरी बजाना (447)

अर्थ : बहुत आराम से रहना।

(घर की खांड किरकिरी), चोरी का गुड़ मीठा (453)

अर्थ : घर का खाद्य पदार्थ अच्छा नहीं लगता, चुपके से चुराया फल/सामान अच्छा लगता है (संभवतः साहसिकता के कारण)। प्रायः मुहावरे का दूसरा भाग ही प्रयोग किया जाता है।

छकड़ा देखे, थकाई (457)

अर्थ : बैलगाड़ी देखकर उसपर बैठने के लिए थकान का बहाना बनाना।

छठी का दूध याद आना (459)

अर्थ : शब्दार्थ, बच्चा पहली बार माँ का दूध छठे दिन पीता है। अर्थात् इस तरह पराजित करना कि उसे पहली बार दूध पीने की बात याद आने लगे। बुरी तरह

पराजित करना। जैसे 'बॉक्सिंग के खेल में उसने इतने मुक्के मारे कि विरोधी को छठी का दूध याद आ गया'।

छलनी में दूध दुहै, करम को दोष (460)

अर्थ : स्वयं की अयोग्यता होने पर भाग्य को दोष देना।

जने कोई, मखाना गोंद खाय कोई (469)

अर्थ : बच्चा कोई पैदा करे और मखाना-गोंद के पकवान कोई और खाए। अर्थात् काम कोई करे और फल कोई और खाए।

जब दाँत थे, तब चना नहीं। जब चना है, तब दाँत नहीं।। (473)

अर्थ : जब किसी सामग्री का उपयोग कर सकते थे तो वह उपलब्ध नहीं थी और जब सामग्री उपलब्ध है तो उसका उपयोग नहीं कर सकते। ऐसी स्थितियों में इस मुहावरे का प्रयोग किया जाता है।

जब भुइँ लोट चले पुरवाई, तब जान्यो बरखा रितु आई (474)

अर्थ : यह लोकोक्ति घाघ की उक्तियों से ली गई है, जिसमें वर्षा ऋतु के आगमन की बात कही गई है। जब पूरब से आर्द्रता लिये हुए भारी हवा जमीन छूती हुई चले तो समझो कि वर्षा ऋतु का आरंभ हो गया है।

जस दाल भात, तस फातिहा (489)

अर्थ : इस मुहावरे का शाब्दिक अर्थ है कि जैसा भोजन अंतिम संस्कार में परोसा जाएगा, उसी हिसाब से फातिहा (मुसलिम समाज में मृत्यु के बाद पढ़ी जानेवाली नमाज/पवित्र मंत्रोच्चार) पढ़ा जाएगा। किसी कार्य में लोग उस हिसाब से रुचि लेते हैं, जैसे फल की उन्हें आशा रहती है। ऐसी स्थिति में इस मुहावरे का प्रयोग किया जाता है।

जहाँ चार बासन होंगे, वहीं खड़केंगे (494)

अर्थ : जहाँ चार लोग रहते हैं, नोंक-झोंक वहीं होती है। समकक्ष, 'बरतन से बरतन खटक ही जाता है'।

जहाँ झाड़ न बरुख, हुआँ रेंडै पुरुष (495)

अर्थ : जहाँ झाड़ी व वृक्ष नहीं होते, वहाँ अरंडी का पेड़ ही वृक्ष माना जाता है।

जहाँ देखें तवा परात, वहीं नाचें सारी रात (496)

अर्थ : जहाँ भोजन का प्रबंध हो, वहाँ बहुत से लोग गाने-बजाने के लिए तैयार रहते हैं।

जितना गुड़ डालो, उतना मीठा (513)

अर्थ : जितनी सामग्री डाली जाएगी, उसका स्वाद उसी हिसाब से रहेगा। अर्थात् जितना कार्य में परिश्रम किया जाएगा, वैसा ही फल मिलेगा।

जिसका पलड़ा भारी हो, वही झुके (524)

अर्थ : जो साधन संपन्न हैं, उन्हें विनम्रता दिखानी चाहिए।

जिस डाली पर बैठैं, उसी की जड़ काटैं (527)

अर्थ : जिसका संरक्षण प्राप्त हो, उसी का विनाश करना (महामूर्खता का परिचायक)।

जिस पत्तल/थाली में खाएँ, उसी में छेद करें (528)

अर्थ : जिससे लाभ अर्जित करें, उसी का बुरा सोचें। विश्वासघात करना।

जिस पेड़ की छाल, उसी में लगती है (529)

अर्थ : बच्चा अगर किसी प्रिय रिश्तेदारी में जाए तो भी वह अपने माँ-बाप का ही पक्ष लेता है।

जैसा बोवो, वैसा काटो (541)

अर्थ : जैसा काम करोगे, वैसा ही फल मिलेगा।

जो हाँड़ी में होगा, वही रकाबी में आएगा (557)

अर्थ : घर में जो कुछ होगा, वही खाने के लिए तश्तरी (रकाबी) नें परोसा जाएगा।

टेढ़ी उँगली से घी निकालना (567)

अर्थ : यदि सामान्य तरीके से कोई काम नहीं होता है तो अन्य तरीके से काम निकालना।

डोली में बैठकर उपले लेने गए हैं (576)

अर्थ : छोटे से सामान लाने के लिए बड़े वाहन का उपयोग करना।

ढाक के तीन पात (579)

अर्थ : कितना भी समझाने पर अपनी ही बात उचित ठहराना।

ढोल के भीतर पोल (580)

अर्थ : बाहर से वैभवशाली, पर भीतर से कमजोर होना।

तपते तवे पर बूँद (584)

अर्थ : गरम तवे पर पानी की बूँद थोड़ी देर ही रुक पाती है, उसी तरह छोटी तनख्वाह कुछ ही देर तक चल पाती है।

तावा न तगाड़ी, मुफ्त की भटियारी (593)

अर्थ : शाब्दिक अर्थ है कि न तवा है और न कड़ाही है, फिर भी वह भटियारी बनी हुई है। अर्थात् बिना उपयुक्त साधन के कोई किसी काम को करने का दावा करने लगे तो इस मुहावरे का प्रयोग किया जाता है।

तिल के ओट पहाड़ (594)

अर्थ : किसी छोटी बात के पीछे से बहुत बड़ी बात का निकलना।

तुम डार-डार, हम पात-पात (597)

अर्थ : यदि कोई व्यक्ति किसी कार्य में व्यवधान उत्पन्न करता है, तो उससे पहले ही उसकी काट सोच लेना।

तेल तिलों से ही निकलता है (601)

अर्थ : जिनके पास धन है, उन्हीं से धन मिलने की संभावना रहती है।

तेल देखो, तेल की धार देखो (602)

अर्थ : घटनाक्रम पर पैनी निगाह रखना। जैसे 'चुनाव में किसका पलड़ा भारी है, कह नहीं सकते, तेल देखिए, तेल की धार देखिए'।

थाली का बैंगन (606)

अर्थ : परिस्थिति के अनुसार अपने विचार बदल लेना, कोई अपनी विचारधारा न रखना। दूसरों के विचारों का अनुसरण करना।

थाली फूटी-न-फूटी, झंकार सबने सुनी (607)

अर्थ : घर में कलह होने पर बँटवारा न भी हुआ, फिर भी बदनामी तो हुई ही।

थैली में रुपया, तो मुँह में गुड़ (608)

अर्थ : पास में पैसा हो, तभी भोजन मिलता है।

थोथा चना, बाजै घना (609)

अर्थ : चने की फली में अगर एक ही दाना रहता है तो वह बहुत बजता है। अर्थात् कम गंभीर विचार के लोग अधिक दिखावा करते हैं। समकक्ष, 'अध जल गगरी छलकत जाए'।

दस की लाठी, एक जने का बोझ (617)

अर्थ : छोटी-छोटी जिम्मेदारियाँ मिलकर एक बड़ी समस्या बन जाती हैं।

दाने-दाने पर लिखा है, खानेवाले का नाम (629)

अर्थ : जिसको जहाँ खाना होता है, वह वहीं खाने के लिए पहुँच जाता है।

दाल में काला (631)

अर्थ : किसी कार्य में कुछ गड़बड़ी की आशंका होना।

दाल में नमक जैसा (632)

अर्थ : बेईमानी, घूँसखोरी और मिलावट थोड़ी हो तो चलेगी।

दाल-भात मा मूसरचंद (633)

अर्थ : किन्हीं दो आत्मीय जनों के बीच में तीसरे व्यक्ति का हस्तक्षेप (जो स्वागत योग्य नहीं है)।

दिन का बद्दर रात निबद्दर, औ पुरवैया चलै भद्दर-भद्दर। घाघ कहैं कछु होनी होई, कुवाँ के पानी धोबी धोई।। (635)

अर्थ : इस लोकोक्ति में मौसम के बारे में जानकारी दी गई है कि जब दिन में बादल हों और रात में बादल न रहें तथा पूरब की हवा धीरे-धीरे चलती रहे तो घाघ कवि (कृषि आचार्य पंडित रक्षा राम तिवारी) के अनुसार वर्षा बहुत कम होगी, यहाँ तक कि तालाब भी सूखे रहेंगे और धोबी कुएँ के पानी से कपड़े धोएगा।

दूध और छाछ दोनों सफेद होते हैं (655)

अर्थ : दूध और छाछ दोनों सफेद होते हैं, पर उनके गुण अलग होते हैं। अर्थात् केवल रंग के आधार पर किसी के गुण नहीं पहचाने जा सकते।

दूध का जला छाछ फूँक-फूँक कर पीता है (656)

अर्थ : एक कटु अनुभव के बाद हर चीज में चाहे वह ठीक ही क्यों न हो, सावधानी बरतना। अतिशय सावधानी बरतना।

दूध-का-दूध, पानी-का-पानी (657)

अर्थ : किसी विवाद का उचित न्याय करना, स्पष्ट विवेचना करना। जैसे 'जमीन के झगड़े में पंचों ने दूध-का-दूध, पानी-का-पानी स्पष्ट कर दिया'।

दूर के ढोल सुहावने (660)

अर्थ : दूर से आया हुआ व्यक्ति या घटना बहुत अच्छी लगती है।

दो नावों में पैर रखना (665)

अर्थ : दो विपरीत स्थितियों में सामंजस्य न कर पाना।

धूल फाँकना (671)

अर्थ : लंबी यात्राएँ करना। समकक्ष, उर्दू में 'खाक छानना'।

न न कहे जांय, परात भर लिहे जांय (687)

अर्थ : इनकार करते हुए भी बहुत सा सामान लिये जाना। समकक्ष, मन मन भावै, मूड़ हिलावै।

न नौ मन तेल होगा, न राधा नाचेंगी (689)

अर्थ : किसी कार्य को करने के लिए असंभव सी शर्त रखना।

नया सिपाही, काठ की तलवार (692)

अर्थ : नया सिपाही काठ की तलवार जैसा प्रभावहीन होता है।

नया हकीम, दे अफीम (694)

अर्थ : नया हकीम रोग के लक्षण को दबाने के लिए अफीम का प्रयोग करता है (जो सर्वथा उचित नहीं कहा जा सकता है)।

नई कहानी, गुड़ से मीठी (695)

अर्थ : नई कहानी, विशेष रूप से पुरानी कहानियों के मुकाबले बहुत अच्छी लगती है।

न रहै बाँस, न बाजै बाँसुरी (697)

अर्थ : अगर झगड़े/फसाद की जड़ ही खत्म कर दी जाए तो बवाल नहीं होगा।

नाच न आवै, आँगन टेढ़ा (707)

अर्थ : किसी कार्य को न करने के लिए बहाने बनाना।

नेकी कर कुएँ में डाल (721)

अर्थ : नेकी करने के बाद उसे भूल जाना चाहिए, प्रत्याशा नहीं रखनी चाहिए।

नौ कै लकड़ी, नब्बे खर्च (730)

अर्थ : किसी कार्य में मुख्य घटक की लागत कम हो, पर उसका प्रबंधन बहुत अधिक महँगा होना।

पकी बेर के स्वाद मीठे (734)

अर्थ : अनुभव और परिपक्वता से स्निग्धता बढ़ती है।

पके आम को टपकने का डर (735)

अर्थ : पूर्णायु प्राप्त होने पर मृत्यु का डर। जैसे 'मेरा क्या भरोसा, पके आम हैं, कभी टपक सकते हैं'।

पगड़ी रख, घी चख (737)

अर्थ : अपनी इज्जत गँवाने पर ही दूसरे के माल का उपयोग किया जा सकता है। अर्थात् दूसरे का माल हड़पने से इज्जत चली जाती है।

पंच परमेश्वर (738)

अर्थ : जनता के पाँच चुने हुए प्रतिनिधि परमेश्वर का रूप होते हैं, उनके आदेश का आदर करना चाहिए।

पछुआ चलै, खेती फलै (739)

अर्थ : इस लोकोक्ति का अर्थ है कि गंगा क्षेत्र में रबी और खरीफ दोनों की फसलें पछुआ हवा चलने पर पकती हैं।

पढ़े फारसी बेचैं तेल, यह देखौ कुदरत के खेल (742)

अर्थ : अच्छे पढ़े-लिखे होने के बावजूद अच्छी नौकरी न मिलना दुर्भाग्य के कारण ही है।

पतीली से एक ही चावल देखा जाता है (744)

अर्थ : पतीली से एक ही चावल देखा जाता है कि चावल पका या नहीं। अर्थात् किसी समूह के एक-दो लोगों की जाँच समूह के गुण-दोष जानने के लिए काफी है।

प्यासा कुएँ के पास जाता है (747)

अर्थ : जिसको जरूरत होती है, वही देनेवाले के पास जाता है, दाता जरूरतमंद के पास नहीं जाता।

परदेसी की प्रीत, फूस का तापना (750)

अर्थ : दूर देश में रहनेवाले व्यक्ति से प्रेम करना फूस तापने जैसा है, क्योंकि दोनों अल्प समय तक ही रहते हैं।

परनाला वहीं गिरेगा (752)

अर्थ : शाब्दिक अर्थ, छत का पानी विशेष स्थान पर ही गिरेगा। अर्थात् किसी बात की जिद करना, अड़ जाना।

पहले घर में चिराग जलता है, फिर बाहर (757)

अर्थ : दूसरों को ज्ञान देने के पहले स्वयं को प्रबुद्ध होना चाहिए।

पातर डेहरी, अनाजे का खैकार (762)

अर्थ : शरीर दुबला-पतला होने के बावजूद खुराक बहुत अच्छी होना। समकक्ष : कहने को नन्ही, खाय जाएँ धन्नी।

प्रीत न जानै जात कुजात, नींद न जानै टूटी खाट (767)

अर्थ : लोकोक्ति बताती है कि जैसे नींद आनेपर टूटी खाट पर भी सो जाते हैं, उसी तरह प्रेम होने पर जात-पांत का महत्त्व नहीं रह जाता।

फल वो खाय, जो हल जोतै (779)

अर्थ : जो परिश्रम करता है उसे ही फल खाने का अधिकार है।

फुहार से खेत नहीं भरता (781)

अर्थ : हलकी बूँदा-बांदी से मिट्टी नम हो जाती है, पर खेत में पानी नहीं भरता है। अर्थात् थोड़े पैसे मिलने से गुजारा नहीं होता।

फूल न पान, कहने को मेहमान (782)

अर्थ : इस लोकोक्ति का शाब्दिक अर्थ है कि जो न फूल लाए, न पान, वह सिर्फ कहने भर को मेहमान है।

बड़े कौर खाय, बड़े बोल न बोलै (792)

अर्थ : बड़े कौर खा लो, पर बढ़-चढ़कर बातचीत नहीं करनी चाहिए।

बड़े बरतन की खुरचन भी बहुत है (793)

अर्थ : बड़ा परिवार गरीब भी हो जाए, तो भी बहुतों से अच्छा रहता है।

बदन पर नहीं लत्ता, पान खाएँ अलबत्ता (801)

अर्थ : चाहे मूलभूत सुविधाएँ न हों, पर जिस वस्तु से लगाव हो, उसे अवश्य पूरी करना।

बसंत जाड़े का अंत (818)

अर्थ : इस लोकोक्ति से मौसम के बारे में बताया गया है कि जाड़े के बाद बसंत आता है।

बाड़ लगाई खेत को, बाड़ ही खेत को खाय (825)

अर्थ : जब रक्षक ही भक्षक बन बैठे तो ऐसी स्थिति में इस मुहावरे का प्रयोग किया जाता है।

बाड़ो गईं तो गईं, चार हाथ पगहा भी लै गईं (826)

अर्थ : कोई व्यक्ति गया, पर अपने साथ और लोगों को भी ले गया।

बारा बरस बाद, घूरे के दिन भी बहुरते हैं (843)

अर्थ : समय गतिमान है, अतः कालांतर में निकृष्टतम व्यक्ति या वस्तु की स्थिति में भी सुधार होता है।

बिनु हरदी के घोरैं कढ़ी, बिनु बैलन के जोतैं लढ़ी, बिनु भाइन के जूझै जंग। न उनकै कढ़ी, न उनकै लढ़ी, न उनकै जंग।। (858)

अर्थ : जिस तरह बिना हलदी के कढ़ी नहीं बनती, बिना बैलों के बैलगाड़ी नहीं खींची जा सकती, उसी तरह बिना भाइयों के लड़ाई नहीं जीती जा सकती है। इस लोकोक्ति का अर्थ है कि बिना सहयोग के कोई काम नहीं किया जा सकता।

बीरबल की खिचड़ी (868)

अर्थ : किसी काम के पूरा होने में अत्यधिक देर लगना। इस मुहावरे के पीछे की कहानी यह है कि बादशाह अकबर ने मुसाहिबों के कहने पर किसी धोबी को यह कहकर इनाम से वंचित कर दिया कि वह रात भर तालाब में इसलिए खड़ा रह पाया, क्योंकि उसे महल के चिरागों से गरमी मिलती रही। बीरबल ने उसकी मदद के लिए एक हाँड़ी में खिचड़ी पकाने की सोची, जिसे उन्होंने बाँस के ऊपरवाले छोर पर लटकाया था और आग जमीन पर जल रही थी। खिचड़ी न पकनी थी तो न पकी, पर बादशाह को अपनी गलती का एहसास हो गया। अत: जिस काम को पूरा न होना हो, उसे बीरबल की खिचड़ी के मुहावरे से दरशाया जाता है।

बूँद-बूँद से घड़ा भर जाता है (879)

अर्थ : थोड़ी-थोड़ी बचत से एक बड़ी रकम इकट्ठा हो जाती है।

बे पेंदी का लोटा (882)

अर्थ : अपनी विचारधारा का न होना। समकक्ष, 'थाली का बैंगन'।

बोया पेड़ बबूल का तो आम कहाँ से खाय (886)

अर्थ : यदि काम अच्छे नहीं किए हैं तो अच्छे फल की आशा नहीं रखनी चाहिए।

बोलै लोखड़ी, फूलै कास। अब नहीं बरखा की आस॥ (887)

अर्थ : शरद ऋतु आते ही लोमड़ी सुबह-सुबह बोलने लगती है तथा कासा फूलने लगता है। यह दोनों लक्षण इंगित करते हैं कि अब वर्षा समाप्तप्राय है।

भरी जवानी, माँझा ढील (892)

अर्थ : जवानी में भी शरीर चुस्त न रहना (माँझा पतंग की डोर को कहते है)।

भला हुआ मेरी मटकी टूटी, मैं दही बेचने से छूटी (भला हुआ मेरी सूई टूटी, मैं कशीदे से छूटी) (894)

अर्थ : मुख्य साधन खराब होने से काम करने से मुक्ति मिल जाना। मुहावरे के दूसरे भाग को भी प्रयोग किया जाता है।

भादौं का झेला, एक सींग सूखा, एक गीला (899)

अर्थ : भादो के महीने में बारिश रुक-रुक कर, अलग-अलग जगहों पर होती है।

भीख न दें, पर तोमड़ी तो न फोड़ें (900)

अर्थ : यदि भिक्षा नहीं देनी है तो न दें, पर पात्र तो न फोड़ें।

भूख में गूलर ही पकवान (902)

अर्थ : भूखे होने पर गूलर जैसा निम्न श्रेणी का फल भी पकवान जैसा स्वादिष्ट लगता है।

मन चंगा तो कठौती मा गंगा (912)

अर्थ : अगर मन साफ है, तो गंगा-स्नान का पुण्य कठौती के पानी से भी मिल जाता है।

मन मिले का मेला, चित्त मिले का चेला (916)

अर्थ : मन मिलने से ही लोग एक-दूसरे से मिलते हैं, इसी तरह विचार या ज्ञान मिलने से व्यक्ति किसी का चेला बन जाता है।

माघ का जाड़ा, जेठ की धूप (930)

अर्थ : माघ का जाड़ा और जेठ की धूप बहुत कठिन होती है।

माघ नंगे, बैसाख भूखे (932)

अर्थ : माघ में वस्त्र न होना और बैसाख में जब फसल कटती है तो भूखे रहना, विपन्नता की निशानी है।

माघ पूस की बादरी और कुवारा घाम, इनसे जौ ऊबरै तौ करै पराया काम। (933)

अर्थ : इस लोकोक्ति में यह बताया गया है कि माघ पूस में बादल होने पर अत्यधिक ठंडक होती है, इसी तरह कुवार मास की धूप काफी तेज होती है (वर्षा ऋतु के बाद वातावरण स्वच्छ हो जाने के कारण)। यदि कोई इन दोनों विषम परिस्थितियों से निपट ले तो दूसरों का काम करना चाहिए। अर्थात दूसरों की मजदूरी करना उतना ही कष्टसाध्य होता है।

मान का पान भला (937)

अर्थ : आदर से दिया हुआ पान ही बहुत है।

मिजाज आली, तोशा न थाली (948)

अर्थ : घर में न खाना है, न थाली है, फिर भी आकांक्षा ऊँची है। समकक्ष, 'रहें झोंपड़े में, ख्वाब देखें महलों के'।

मिट्टी के माधव (949)

अर्थ : मूर्खता की हद तक सरल होना।

मुये चाम से चाम कटावै, भूंइ सकरी माँ सोवै। घाघ कहैं यह तीनौ भकुआ, ओढ़र जाय औ रोवै।। (964)

अर्थ : इस लोकोक्ति का अर्थ है कि वे तीनों व्यक्ति मूर्ख हैं, जो वृद्ध व्यक्ति से यौन संबंध बनाते हैं, भूमि पर सोने के लिए भी सँकरा स्थान चुनते हैं या मनपसंद व्यक्ति के साथ भागकर शादी करने के बाद भी कष्ट पाते हैं।

मूँग, मोठ में छोटा-बड़ा कौन (984)

अर्थ : मूँग व मोठ में बड़ा-छोटा करने का कोई लाभ नहीं है, क्योंकि दोनों दालें अंततः खाई जानी हैं। अर्थात् छोटे-बड़े में वर्गीकरण करना व्यर्थ है, क्योंकि सभी का अंत निश्चित है।

मेंह बरसेगा तो बौछार आएगी ही (992)

अर्थ : पानी बरसेगा तो बौछार आएगी ही। अर्थात् कोई बड़ी घटना होने पर सभी प्रभावित होते हैं।

यह गुड़ बजारै न आई (999)

अर्थ : अब यह सामान जल्दी न मिल सकेगा, जैसे सोने का मूल्य गिरने पर सभी लोग गहने खरीदने के लिए टूट पड़ते हैं। इसके लिए कहा जा सकता है कि 'जल्दी खरीद लो, अब यह गुड़ बजारै न आई'।

यह मुँह, मसूर की दाल (1000)

अर्थ : किसी को नीचा दिखाने के लिए यह कहना कि आपके पास मसूर की दाल खाने तक की हैसियत नहीं है। इस मुहावरे के साथ एक नवाब साहब का किस्सा जुड़ा हुआ है। बावरची ने मसूर की दाल बनाने का प्रस्ताव किया, जिसमें हजारों रुपए लग गए। आजिज आकर नवाब साहब ने उसकी छुट्टी कर दी। जाते समय बावरची ने यही ताना मारा।

रस्सी जल गई, पर ऐंठन न गई (1006)

अर्थ : बरबाद हो जाने के बाद भी पहलेवाली अकड़ बनी रहना।

रहैं झोंपड़ी में, ख्वाब देखैं महलों के (1008)

अर्थ : गरीबी की स्थिति में रहते हुए अमीरी की महत्त्वाकांक्षा पालना।

राई का पहाड़ बनाना (1009)

अर्थ : बहुत छोटी बात को बढ़ा-चढ़ाकर बताना।

राई रत्ती की खबर रखना (1010)

अर्थ : विस्तृत जानकारी रखना।

रेत की दीवार, ओछा यार, किसी के काम का नहीं (1026)

अर्थ : रेत की दीवार और स्वार्थी दोस्त किसी के काम नहीं आते। बरसात या मुश्किल आने पर दोनों ही गिर जाते हैं।

रुई और आग का क्या साथ (1027)

अर्थ : विरोधी विचारों के व्यक्ति सहमत नहीं हो सकते।

रुपया टूटा और भेली फूटी, फिर नहीं रुकती (1028)

अर्थ : रुपया के फुटकर होते ही तथा गुड़ की भेली फूटते ही जल्दी समाप्त हो जाते हैं।

रुमाल/अंगौछा आधा खिदमतगार (1032)

अर्थ : रुमाल या अंगौछे से नौकर की तरह बहुत से व्यक्तिगत काम हो जाते हैं।

रूखी-सूखी खाय के, ठंडा पानी पीव। देख परायी चूपड़ी, मत ललचावे जीव।। (1033)

अर्थ : अपने पास जो रूखा-सूखा है, उसे खाकर संतोष करना चाहिए। दूसरे की घी चुपड़ी रोटी देखकर पाने की लालसा नहीं करनी चाहिए।

रूठेगा तो एक रोटी ज्यादा खाएगा (1035)

अर्थ : कोई व्यक्ति यदि अकारण ही रूठ गया है तो एक रोटी ज्यादा खाएगा, इससे ज्यादा कुछ नहीं बिगाड़ सकता है। अर्थात् ज्यादा नखरे उठाने की जरूरत नहीं है। इस संदर्भ में इस मुहावरे का प्रयोग किया जाता है।

रोटी न कपड़ा, सेंत-मेंत का रगड़ा (1039)

अर्थ : रोटी और कपड़ा मिलना नहीं, केवल मेहनत का काम ही करवा रहे हैं।

लग्गी से घास खिलाना (1041)

अर्थ : दूर से ही सहानुभूति जताना।

लंबी सूई, मस्तानी चाल, दैवो ना जानैं इनकै हाल (1057)

अर्थ : इस लोकोक्ति का शाब्दिक अर्थ है कि जो व्यक्ति अपना कार्य झट-पट निपटाकर मस्ती से इधर-उधर घूमता है, उसके मन का हाल ईश्वर भी नहीं जानते हैं। आशय यह है कि ऐसे व्यक्ति अपने कार्य में दत्तचित्त नहीं होते, वे किसी अन्य कार्यक्रमों में भी लगे रहते हैं, अतः इनके बारे में किसी तरह का पूर्वानुमान नहीं लगाया जा सकता।

लाठी मारे पानी अलग नहीं होता (1073)

अर्थ : फूट डालने से परिवार के सदस्य अलग नहीं हो जाते।

वही दर दुआर, वही चूल्हे दुआर (1077)

अर्थ : इस मुहावरे का शाब्दिक अर्थ है कि वही व्यक्ति दरवाजे पर है और वही व्यक्ति रसोई में भी। अर्थात् किसी व्यक्ति द्वारा सभी कार्यों को स्वयं ही करना।

शकरखोरे को शक्कर मिल ही जाती है (1080)

अर्थ : लोग अपने व्यसन का सामान ढूँढ़ ही लेते हैं।

सत्तू मनभत्तू, कब घोरैं कब गूंधैं कब खाएँ कब चलैं। धान बिचारा भला, कूटा रींधा खाया चला।। (1092)

अर्थ : इस मुहावरे के पीछे की कहानी यह है कि दो सहयात्रियों में से एक के पास धान था और दूसरे के पास सत्तू। धानवाला व्यक्ति चालक था, उसने दूसरे से कहा कि सत्तू घोलने, गूँधने और खाने में बड़ी देर लगती है, जबकि धान को बस कूटा, पकाया और खा लिया जाता है। दूसरे यात्री ने इस चातुर्यपूर्ण विवरण से प्रभावित होकर अपना सत्तू धान से बदल लिया। पहला यात्री जल्दी से सत्तू खाकर अपनी राह चला गया, जबकि बेचारा दूसरा यात्री धान कूटने का प्रबंध करने लगा। अर्थात् किसी की चिकनी-चुपड़ी बातों में आकर गलत निर्णय नहीं लेना चाहिए।

सदा न फूलै तोरई, सदा न सावन होय। सदा न जोवन ठहर रहे, सदा न जीवै कोय।। (1093)

अर्थ : लोकोक्ति के अनुसार तोरई हमेशा नहीं फूलती और न हमेशा सावन रहता है, इसी तरह न यौवन हमेशा रहता है और न ही कोई हमेशा जिंदा रहता है। अर्थात् समय एक जैसा नहीं रहता है, समय परिवर्तनशील है।

सब धान बाईस पसेरी (1097)

अर्थ : धान की बहुत सी किस्में होती हैं, जिनसे मोटा, महीन और खुशबूदार चावल मिलता है। इस मुहावरे का शाब्दिक अर्थ है कि किसी राज्य में सभी तरह का धान एक ही भाव, एक रुपए में 22 पसेरी (1 पसेरी = 5 सेर, लगभग 4.5 किलो) मिलता है। जहाँ गुणी और अवगुणी में फर्क न समझा जाए, ऐसी स्थिति में इस मुहावरे का प्रयोग किया जाता है।

सब बात खोटी, पहले दाल-रोटी (1098)

अर्थ : सबसे पहले भोजन का प्रबंध होना चाहिए, बाकी बातें बाद में।

सब संसार मौत का खाजा (1099)

अर्थ : दुनिया के सारे जीवों का अंत मौत ही है।

सर्दी का मारा पनपे, अन्न का मारा न पनपे (1102)

अर्थ : सर्दी से आदमी बच सकता है, पर भोजन न मिलने से जीवित रहना संभव नहीं है।

ससुरार सुख कै दुआर, जो रहै दिना दुइ चार। जो रहै एक पखवारा, तौ हांथ म खुरपी बगल म खारा (1107)

अर्थ : इस लोकोक्ति का अर्थ है कि दो-चार दिन रहने के लिए ससुराल बहुत सुखद स्थान है। यदि वहाँ कोई एक पक्ष (दो सप्ताह) रहता है तो उसे घास काटने के लिए खुरपी और खारा (एक जालीदार रस्सी, जिसमें घास भरकर लाई जाती है) पकड़ा दिया जाता है। अर्थात् ससुराल या अन्य रिश्तेदारी में अधिक दिन रहना उचित नहीं है।

साझे की खेती, गदहा न खाय (1111)

अर्थ : साझे की खेती करनेवाले समुचित ध्यान नहीं दे पाते, अतः फसल इतनी खराब होती है कि गधा भी उसे खाना पसंद नहीं करता।

सांभर में नमक का टोटा (1122)

अर्थ : संभार झील, जहाँ से नामक का उत्पादन होता है, वहाँ नामक की कमी नहीं हो सकती। अर्थात् बहुतायत की स्थिति में उस वस्तु की कमी का रोना अविश्वसनीय है।

सारा छप्पर जल गया, तब कंगन की बात पूछी (1123)

अर्थ : प्रदर्शन करने के लिए अपना ही नुकसान कर लेना। इस मुहावरे के पीछे की कहानी यह है कि एक आभूषण प्रिय स्त्री नए कंगन पहनकर दिन भर

घूमती रही, पर किसी ने कंगन की बात नहीं पूछी, अंततः उसने अपने छप्पर में ही आग लगा, हाथ उठा-उठाकर सबसे सहायता माँगी। लोग सहायता के लिए दौड़े, इस बीच किसी स्त्री ने पूछा कि उसने नए कंगन कब खरीदे। पहली स्त्री ने जवाब दिया कि यदि यही बात पहले पूछ लेती तो घर जलने से बच जाता।

सावन हरे न भादौं सूखे (1127)

अर्थ : एक ही जैसी स्थिति में रहना, सुख-दुःख में समभाव रहना। सर्वहारा की स्थिति में किसी उन्नति की संभावना का न होना।

सुबह हुई, चूल्हे पर निगाह (1140)

अर्थ : सुबह होते ही भूख लगती है, अतः चूल्हे की तरफ निगाह जाती है कि कुछ भोजन बना या नहीं।

सुवा छेदै टाट को, तो पहले आप छिदाए (1141)

अर्थ : दूसरे को छेदने से पहले खुद को छिदाना पड़ता है। अर्थात् दूसरों को सलाह देने से पहले उसे खुद पर आजमाना चाहिए।

सूकै केरी बादरी रही सनीचर छाय, भड्डर कहैं बिचार के बिनु बरसे ना जाय। (1142)

अर्थ : शुक्रवार को बादल आएँ और वह शनिवार तक छाए रहें तो भड्डर कवि के अनुसार वर्षा अवश्य होगी।

सूता न कपासा, जुलाहे के घर लट्ठम लट्ठा (1143)

अर्थ : इस मुहावरे का शाब्दिक अर्थ है कि अभी न सूत है और न कपास (रुई), पर जुलाहे के यहाँ लड़ाई हो रही है कि पहले मेरा कपड़ा बने। अर्थात् किसी कार्य के प्रमुख घटक ही नहीं हैं, पर व्यर्थ में क्रियान्वयन पर वाद-विवाद हो रहा है। ऐसी स्थिति में इस मुहावरे का प्रयोग किया जाता है।

सूप बोलै तो बोलै, चलनी काहे बोलै जामें बहत्तर छेद (1145)

अर्थ : कम अवगुणी व्यक्ति दोष निकाले तो ठीक है, पर अत्यंत अवगुणी

व्यक्ति भी दूसरे के दोष निकालने लगे तो नहीं चलेगा (स्वीकार्य नहीं)। ऐसी स्थिति में इस मुहावरे का प्रयोग किया जाता है।

होत भिनसार, बड़ी बिल खोदौं (1186)

अर्थ : इस मुहावरे के शाब्दिक अर्थ के पीछे की कहानी यह है कि एक लोमड़ी अपनी छोटी बिल में सुबह अधिक ठंड होने पर जब कष्ट पाती है, तो वह स्वयं से वादा करती है कि सुबह होते ही बड़ा बिल खोदेंगे। सुबह धूप होने पर आराम मिलने के बाद वह अन्य कार्यों में व्यस्त हो जाती है। यही प्रतिदिन होता रहता है। अर्थात् कष्ट होने पर वादा करना और फिर भूल जाना तथा इसे बार-बार दुहराना। ऐसी स्थिति में इस मुहावरे का प्रयोग किया जाता है।

त्रिया तेल, हमीर हठ चढ़े न दूजी बार (1190)

अर्थ : इस लोकोक्ति का अर्थ है कि स्त्री का विवाह हमीर हठ की तरह दुबारा नहीं होता है। ऐसा कहा जाता है कि बुंदेलों के राजा हमीर ने जो हठ एक बार ठान लिया, वह उसे पूरा करके ही दम लेते थे। यह पुरानी मान्यता है, जिससे लेखक सहमत नहीं हैं।

□

जानवरों के नाम पर मुहावरे

मनुष्य का साथ जानवरों से निरंतर रहा है। आरंभ में आखेट के कारण, तत्पश्चात्, पशु-पालन के कारण मनुष्य का संपर्क विभिन्न जानवरों से हुआ। पहली श्रेणी में शेर, सियार, लोमड़ी, खरगोश आदि तथा दूसरी श्रेणी में गाय, बैल, भैंस, बकरी, हाथी, ऊँट, कुत्ता, बिल्ली आदि आते हैं। जानवरों से संबंधित मुहावरे और लोकोक्तियाँ उनके गुण-दोष अथवा किस्से-कहानियों के आधार पर बने और प्रचलित हो गए। इन मुहावरों को अक्षरानुसार संगृहीत किया गया है।

अकल बड़ी या भैंस (4)

अर्थ : आकार के बजाय बुद्धिमत्ता को प्राथमिकता देना। जैसे 'समस्या की विशालता पर मत जाओ, उसकी पेचीदगियाँ देखो, समस्या का समाधान निकल आएगा, आखिर अकल बड़ी या भैंस'।

अजगर करै न चाकरी, पंछी करै न काम। दास मलूका कह गए, सबके दाता राम।। (14)

अर्थ : यह लोकोक्ति संत मलूक दास द्वारा रचित है, जिसका अर्थ है कि विशेष काम न करने पर भी ईश्वर सबको यथा योग्य भोजन देता है। आलसी व्यक्तियों के संदर्भ में यह बात व्यंग्यात्मक रूप से कही जाती है।

अड़ियल टट्टू (15)

अर्थ : अपनी जिद पर अड़े रहना।

अंडे सेवैं फाख्ता, कौवे मेवा खाएँ (16)

अर्थ : इस मुहावरे के पीछे की कहानी यह है कि कौवे अपने अंडे दूसरी चिड़िया के घोसले में सेने के लिए रख आते हैं और स्वयं मौज-मस्ती करते रहते हैं। अर्थात् किसी मौजी व्यक्ति का काम कोई और करे तो ऐसी स्थिति दरशाने के लिए इस मुहावरे का प्रयोग किया जाता है।

अंधा बटे रस्सी, पीछे बछड़ा खाय (23)

अर्थ : कोई व्यक्ति अपनी धुन में कोई काम करता जा रहा है, पर उसका उपयोग दूसरे करते हों, तो ऐसी स्थिति में इस मुहावरे का प्रयोग किया जाता है।

अंधे के हाथ बटेर (26)

अर्थ : सौभाग्य से किसी बड़ी वस्तु का प्राप्त होना।

अपना उल्लू सीधा करना (34)

अर्थ : अपना काम निकालना।

अपना पेट तो कुत्ता भी पाल लेता है (36)

अर्थ : स्वयं का भरण-पोषण तो कुत्ता भी कर लेता है। अर्थात् औरों के भरण-पोषण का भी ध्यान रखना चाहिए।

अपनी गरज से गधे को बाप बनाना (42)

अर्थ : अपनी स्वार्थ सिद्धि के लिए अयोग्य व्यक्ति को महत्त्व देना।

अपनी गली में कुत्ता भी शेर हो जाता है (43)

अर्थ : अपने क्षेत्र में डरपोक व्यक्ति भी साहसी हो जाता है।

अब पछताए होत का, जब चिड़िया चुग गई खेत (53)

अर्थ : किसी काम के बिगड़ जाने के बाद पछताना, पहले से सावधानी न बरतना।

आँखों देखी मक्खी नहीं निगली जाती (84)

अर्थ : गलत काम को देखते हुए सहन नहीं किया जा सकता।

आदमी पेट का कुत्ता है (111)

अर्थ : पेट की भूख के कारण ही दुनिया के सारे कार्यकलाप चलते हैं।

आधा तीतर, आधा बटेर (114)

अर्थ : दो तरह के पहनावे का मिश्रण। जैसे 'पैंट के ऊपर कुरता पहनकर वह आधा तीतर, आधा बटेर लगता है'।

आन का लोखड़ी सगुन बतावै, अपना कुकुरन से नोचवावै (119)

अर्थ : लोमड़ी दूसरों के लिए बिल से बाहर निकलकर शकुन बताती है, पर स्वयं को कुत्तों से कटवाती है। अर्थात् दूसरों के भले के लिए अपना नुकसान करवाना।

आन पर बस न चलै, गदहा कै कान उमेठै (120)

अर्थ : जब किसी और से नहीं जीत सकता तो सबसे कमजोर पर अत्याचार करना।

आ बैल मुझे मार (125)

अर्थ : स्वयं विपत्ति मोल लेना। अपने द्वारा किए गए कार्य से स्वयं को ही नुकसान होगा।

आया ऊँट पहाड़ के नीचे (130)

अर्थ : जो अपने को बड़ा समझ रहे थे, जब उनसे बड़े का सामना हुआ, तब वास्तविकता का पता चला।

आस्तीन का साँप (138)

अर्थ : साथ रहकर धोखा देना। विश्वासघात करना। जैसे 'उसने राज की बात विपक्ष को बता दी, वह आस्तीन का साँप निकला'।

उड़ती चिड़िया के पर गिनना (158)

अर्थ : किसी समस्या के बारे में अनुभव के आधार पर सही विवेचना करना।

ऊँट किस करवट बैठेगा (168)

अर्थ : अनिश्चितता का वातावरण होना। जैसे 'आगामी चुनाव में दो मुख्य पार्टियों में कड़ा संघर्ष है, अब देखिए ऊँट किस करवट बैठता है'।

ऊँट की चोरी, निहुरे निहुरे (169)

अर्थ : किसी बड़ी स्पष्ट बात या वस्तु को छिपाने का प्रयास करना।

ऊँट की नकेल, चूहे के हाथ में (170)

अर्थ : किसी कारणवश छोटे व्यक्ति द्वारा बड़े व्यक्ति को वश में कर लेने पर इस मुहावरे का प्रयोग किया जाता है।

ऊँट के मुँह में जीरा (171)

अर्थ : किसी वस्तु का पर्याप्त मात्र में न होना।

ऊँट घोड़े बहे जांय, गदहा कहै कितना पानी (172)

अर्थ : इस मुहावरे का शाब्दिक अर्थ यह है कि बड़े-बड़े जानवर गहरे पानी में बहे जा रहे हों तो गधा जैसा छोटा जानवर अज्ञानतावश पानी की थाह लेने की कोशिश करे। अर्थात् जिस कार्य में बड़े साधनयुक्त लोग कुछ न कर पा रहे हों, वहाँ सीमित साधनवाले व्यक्ति का कार्य पूरा करने का दावा करना हास्यास्पद है।

एक अंडा, वह भी गंदा (174)

अर्थ : एक वस्तु, वह भी ठीक न होना। जैसे—'उनके इकलौते लड़के का चाल चलन ठीक नहीं है, एक अंडा, वह भी गंदा'।

एक बोटी, सौ कुत्ते (197)

अर्थ : एक वस्तु के बहुत से चाहनेवाले। समकक्ष, 'एक अनार सौ बीमार'।

एक मछली सारे तालाब को गंदा करती है (198)

अर्थ : एक गलत व्यक्ति सभी को गलत रास्ते पर ले जाता है।

एक शेर मरता है, सौ लोमड़ियाँ खाती हैं (201)

अर्थ : एक पुरुषार्थी व्यक्ति कमाता है और पूरा परिवार पलता है।

क्या भेड़, क्या भेड़ की लात (230)

अर्थ : भेड़ एक छोटा सीधा जानवर है, उसकी लात भी हलकी होती है। अर्थात् साधनविहीन सरल व्यक्ति अधिक नुकसान नहीं कर सकता है।

काबुल में क्या गधे नहीं होते (264)

अर्थ : बड़े शहर या देश से आनेवाला हर व्यक्ति होशियार नहीं होता।

काले का काटा, पानी नहीं माँगता (269)

अर्थ : काले साँप का काटा हुआ व्यक्ति मर जाता है। भावार्थ, दुष्ट व्यक्ति के जाल में फँस जाने पर जीवित बचना संभव नहीं होता।

काले के काटे का मंतर नहीं (270)

अर्थ : शब्दार्थ यह है कि काले साँप का काटा हुआ मंत्र से नहीं ठीक होता। भावार्थ है कि घोर दुष्ट व्यक्ति के जाल में फँस जाने पर मुक्ति मिलना असंभव है।

कासी मरै तो सब तरै, का गदहा का घोड़। जौ कबीर कासी मरै, तो रामै कौन निहोर।। (271)

अर्थ : काशी जैसी पुण्यस्थली में मरने पर सभी को स्वर्ग मिलता है। ऐसे में यदि कबीरदासजी काशी में मरते हैं तो उन्हें भी स्वतः स्वर्ग की प्राप्ति हो जाएगी, फिर इसमें रामजी (ईश्वर) की कृपा कहाँ ? यदि वह रामजी के सच्चे भक्त हैं, तो काशी के बाहर मरने पर भी स्वर्ग मिलता है, तभी रामजी की कृपा मानी जाएगी। अतः कबीरदासजी मरने से पहले काशी छोड़कर मगहर चले गए थे (क्या स्वाभिमान और आत्मविश्वास था!)। इस लोकोक्ति का प्रयोग ऐसी सापेक्ष परिस्थितियों में किया जाता है।

कुत्ता पाए तो सवा मन खाय, नहीं तो दिया चाटकर रह जाय (283)

अर्थ : खाना मिलने पर कुत्ता बहुत खा लेता है, यदि भोजन नहीं मिलता तो वह कुछ भी खाकर गुजारा कर लेता है। गरीब व्यक्ति की विवशता दरशाने के लिए इस मुहावरे का प्रयोग किया जाता है।

कुत्ता भी दुम हिलाकर बैठता है (284)

अर्थ : कुत्ता जहाँ बैठता है, वहाँ पूँछ हिलाकर जगह साफ कर लेता है। आलसी व्यक्ति को इससे सीख लेनी चाहिए, ऐसी स्थिति में इस मुहावरे का प्रयोग किया जाता है।

कुतिया चोरों से मिल गई, अब मदद कौन करे (285)

अर्थ : यदि घर का कोई व्यक्ति विपक्ष से मिला हुआ हो तो मदद के लिए कौन आएगा।

कुत्ते की दुम (286)

अर्थ : पुरानी आदत न छोड़ पाना, हठ करना। समकक्ष, 'अड़ियल टट्टू'।

कुत्ते की निगाह छिछड़े पर (287)

अर्थ : किसी व्यक्ति की निगाह अपने प्रिय भोजन अथवा उद्देश्य पर होना।

कुत्ते की मौत आती है तो मसजिद की तरफ भागता है (288)

अर्थ : लोकोक्ति का भावार्थ है कि किसी व्यक्ति का अपने विनाश के लिए घोर विरोधियों से तकरार मोल लेना।

कूकुर धोये बछिया नहीं होत (290)

अर्थ : कमजोर दिमागवाले व्यक्ति को कितना ही सिखाया जाए, वह बहुत निपुण नहीं बन सकता।

कौवा चला हंस की चाल, अपनी चाल भी भूला (302)

अर्थ : उच्च वर्ग की नकल करने पर व्यक्ति अपना सहज गुण भी भूल जाता है।

कौवा नाक ले गया (नाक को नहीं देखते, कौवे के पीछे दौड़े जाते हैं) (303)

अर्थ : मुहावरे का पहला भाग ही प्रायः प्रयोग में आता है, जिसका अर्थ है कि दूसरों के कहने पर किसी के पीछे भागने लगना, बिना यह पता लगाए हुए कि वास्तविकता क्या है।

खिलाओ सोने का कौर, देखो शेर की नजर (322)

अर्थ : बच्चे को खिलाने-पिलाने में कोई कसर नहीं होनी चाहिए, पर उसकी देखभाल सख्ती से होनी चाहिए, ताकि वह गलत रस्ते पर न जाए।

खिसियानी बिल्ली खंभा नोचै (323)

अर्थ : गलती पकड़े जाने पर गुस्सा दूसरे पर निकलना।

खेत खाय गदहा, मारा जाय जुलाहा (337)

अर्थ : नुकसान कोई करे, पर भरपाई मालिक को ही करनी पड़ती है।

खेल न जाने मुरगी का, उड़ाने लगा बाज (340)

अर्थ : छोटे काम को ढंग से कर नहीं सकते, बड़े काम का जिम्मा उठाना।

गदहा गया दुम की तलाश में, कटवा आया कान (344)

अर्थ : किसी बड़ी चीज पाने के प्रयास में घर से भी गँवाना। समकक्ष, 'रोजे माफ कराने गए, गले पड़ी नमाज'।

गदहा पीटने से घोड़ा नहीं हो जाता (345)

अर्थ : गधे को कितना भी पीटा जाए, वह घोड़े की तरह नहीं दौड़ सकता। अर्थात् मार-पीट से किसी की क्षमता नहीं बढ़ाई जा सकती।

गधे के सिर पर सींग नहीं होते, पहचाने जाते हैं (346)

अर्थ : बेवकूफ के सिर पर सींग नहीं होते, उनको पहचानना पड़ता है।

गधे के सिर से सींग की तरह गायब होना (347)

अर्थ : बिना बताए चले जाना/गायब हो जाना। जैसे 'उनका कोई अता-पता नहीं चल रहा है, लगता है कि वह गधे के सिर से सींग की तरह गायब हो गए'।

गधे को जाफरान की क्या कदर (348)

अर्थ : कोई निर्धन या अयोग्य व्यक्ति महलों के तौर-तरीकों को नहीं समझ पाएगा। समकक्ष, 'बंदर क्या जाने अदरक का स्वाद'।

गाय न बच्छी, नींद आवै अच्छी (358)

अर्थ : किसी को यदि परिवार के भरण-पोषण की जिम्मेदारी न हो तो वह सुख में रहता है।

गीदड़ की मौत आती है, तो वह शहर की तरफ भागता है (362)

अर्थ : कार्य खराब होना होता है, तो दिमाग उल्टी तरफ दौड़ने लगता है (समकक्ष, 'विनाश काले, विपरीत बुद्धि')।

गीदड़ भभकी (363)

अर्थ : झूठी धमकियाँ देना। जैसे 'हम तुम्हारी गीदड़ भभकी में नहीं आनेवाले'।

घड़ियाली आँसू बहाना (381)

अर्थ : बनावटी दु:ख प्रकट करना।

घर आई कुतिया को भी नहीं निकालते (383)

अर्थ : शरणागत का स्वागत करना चाहिए।

घर की मुरगी, दाल बराबर (386)

अर्थ : स्थानीय विशेषज्ञ का कोई महत्त्व नहीं रहता। समकक्ष, 'घर का जोगी जोगड़ा, आन गाँव का सिद्ध'।

घर घोड़ी, नक्खास मोल (388)

अर्थ : घर में कोई वस्तु मौजूद है, फिर भी नक्खास बाजार (लखनऊ) जाकर खरीदने की सोचना।

घर घोड़ी पैदर चलैं, वार करैं पग बीन। थाती धरैं दमाद घर, जग माँ देखे भकुआ तीन।। (389)

अर्थ : इस लोकोक्ति का अर्थ है कि संसार में ये तीनों नासमझ हैं, जो घर में घोड़ी या अन्य यातायात के साधन होते हुए पैदल चलते हैं, जो बिना पगड़ी बाँधे या सुरक्षित हुए दूसरों पर वार करते हैं और वे जो घर की मूल्यवान् वस्तु को दामाद के यहाँ रखते हैं।

घोंघा बसंत (402)

अर्थ : बेवकूफ होना, बुद्धिहीन होना।

घोड़ा घास से यारी करेगा तो खाएगा क्या (403)

अर्थ : जिस वस्तु के उपयोग से लाभ होना है, उसे ही बचाकर रखने से बात नहीं बनती।

घोड़े को इशारा, गधे को लट्ठ मारा (404)

अर्थ : घोड़े इशारा समझ लेते हैं, जबकि गधे को लाठी मारनी पड़ती है। अर्थात् बुद्धिमान को इशारा काफी है।

घोड़े को लात, आदमी को बात (405)

अर्थ : घोड़े को लात मारने से व आदमी को व्यंग्यात्मक बात कहने से दुःख पहुँचता है।

घोड़े गए, गधों का राज आया (406)

अर्थ : होशियार लोगों के चले जाने से अराजकता आ जाती है।

घोड़े बेचकर सोना (407)

अर्थ : बेसुध होकर सोना।

चालाक कौवा गू पर बैठता है (428)
अर्थ : जो व्यक्ति बहुत चालाकी करता है, वह अकसर धोखा खाता है।

चिरयी कै जिउ जाय, लड़कन कै खेलौना (434)
अर्थ : किसी कार्य से लोग खुश होते हों, पर किसी को कष्ट होता है, तो ऐसी स्थिति में इस मुहावरे का प्रयोग किया जाता है।

चील के घर में मांस कहाँ (438)
अर्थ : किसी के यहाँ उसका प्रिय भोज्य पदार्थ नहीं बच पाता है।

चूंटी की आवाज अर्श पर (441)
अर्थ : सबसे कमजोर प्राणी की भी आवाज ईश्वर तक पहुँचती है। समकक्ष, रहीमजी का दोहा, 'दुर्बल को न सताइए जाकी मोटी हाय, मुये खाल की साँस सों सार भसम हुइ जाय'।

चूहा बिल में समाय नहीं, पूँछ में बाँधै छाज (444)
अर्थ : चूहा स्वयं तो बिल में जा नहीं पा रहा है, तिसपर पूँछ में छाजन बाँधे हुए है। अर्थात् खुद के लिए जगह नहीं, दो-चार लोगों को और साथ ले जाना। समकक्ष, 'बूढ़ा चलै न पावैं, रजाई कै फांड़ बाँधैं'।

चूहे बिल्ली का खेल (446)
अर्थ : लुका-छिपी का खेल खेलना। पकड़ में न आना।

छछूँदर के सिर में चमेली का तेल (458)
अर्थ : असुंदर व्यक्ति का साज-सिंगार करना।

जंगल में मोर नाचा, किसने देखा (467)
अर्थ : समाज-परिवार से दूर कोई बड़ा उत्सव करने पर किसी को पता नहीं चलता, वह उनके लिए महत्त्वहीन ही होता है।

ज्यादा मिठाई म कीड़ा पड़त हैं (479)

अर्थ : आवश्यकता से अधिक नजदीकी होने पर गड़बड़ी, गलतफहमी अथवा वैमनस्य की संभावना रहती है।

जल की मछली, जल में ही भली (485)

अर्थ : जो जिस वातावरण से आता है, उसमें ही वह सहज रहता है।

जल में रहै, मगर से बैर (487)

अर्थ : जिस समाज में रहना हो, वहाँ के प्रमुख से बैर नहीं कर सकते।

जहाँ गुड़ है, मक्खियाँ वहीं भिनभिनाती हैं (492)

अर्थ : जहाँ कुछ पाने की आशा रहती है, लोग वहीं मँडराते हैं। जिस बच्चे के पास ज्यादा पैसे होते हैं, उसी के पास खानेवाले यार-दोस्त मँडराते रहते हैं।

जहाँ मुरगा बाँग नहीं देता, क्या वहाँ सबेरा नहीं होता (497)

अर्थ : किसी भी व्यक्ति या जीव के बिना कोई काम नहीं रुकता।

जिंदा मक्खी नहीं निगली जाती (519)

अर्थ : किसी बड़ी घटना या दुर्घटना को छिपाया नहीं जा सकता है।

जिसकी लाठी, उसकी भैंस (525)

अर्थ : जो शक्तिमान है, वही कब्जा जमाता है (जंगल का कानून)।

जुओं के मारे, सदरी नहीं फेंकते (533)

अर्थ : जुएँ हो जाने की वजह से सदरी या कोट नहीं फेंक देते। अर्थात् किसी घर में अन्य लोग रहने लगें तो मालिक अपना कब्जा नहीं छोड़ देता। ऐसी सापेक्ष परिस्थितियों में इस मुहावरे का प्रयोग किया जाता है।

जुगनू बए के घर में चिराग (534)

अर्थ : साहचर्य का उदाहरण; जुगनू रोशनी देता है और बया पक्षी उसे संरक्षण।

झख मारना (560)

अर्थ : इस मुहावरे का शाब्दिक अर्थ है, मछली (संस्कृत झष) मारना। इसका प्रयोग मजबूर होकर कोई कार्य करने की स्थिति में किया जाता है।

डंडे के बल बंदर नाचे (570)

अर्थ : प्रताड़णा के डर से ही लोग दूसरों का दिया हुआ काम या दूसरों के अनुसार काम करते हैं।

डरैं लोमड़ी से, नाम दिलावर खान (571)

अर्थ : नाम के प्रतिरूप काम होना। समकक्ष, 'आँख के अंधे नाम नयनसुख'।

(कोल्हू काट मोंगरी बनानी), तस्मे के वास्ते भैंस मारनी (590)

अर्थ : किसी नितांत छोटे काम के लिए व्यर्थ में बड़ा काम करना। मुहावरे का पहला भाग और कभी-कभी दोनों भाग एक साथ प्रयोग में लाए जाते हैं।

दबी बिल्ली, चूहों से कान कटाए (611)

अर्थ : दबाव में आकर शक्तिशाली व्यक्ति भी कमजोर के अधीन हो जाता है।

दबने पर चींटी भी काट खाती है (612)

अर्थ : अधिक दबाने पर कमजोर व्यक्ति भी प्रतिकार कर बैठता है।

दमड़ी की हाँड़ी टूटी, कुत्ते की जात पहचानी गई (614)

अर्थ : कुत्ते द्वारा हाँड़ी में मुँह डालने से उसकी आदत का पता चल गया। अर्थात् थोड़े नुकसान के बाद किसी की बुरी आदतों का पता चलना।

दान की बछिया के कहूँ दाँत देखे जात हैं (627)

अर्थ : जो वस्तु मुफ्त में मिल रही हो, उसके गुण-दोष क्या देखना।

दीमक के दाँत, साँप के पाँव, चूंटी की नाक, किसी ने नहीं देखी (643)

अर्थ : दीमक सभी तरह की लकड़ी काट डालती है, साँप बहुत तेजी से

भागता है और चींटी सूँघकर मिठाई के पास पहुँच जाती है, पर इन जीवों के क्रमशः दाँत, पैर और नाक को किसी ने नहीं देखा। अर्थात् सिर्फ देखने से ही किसी बात का ज्ञान नहीं होता, उसके प्रभाव का अनुभव कर भी ज्ञान प्राप्त किया जा सकता है।

दुधारू गाय के लात सहने पड़ते हैं (647)

अर्थ : जिससे अपना भला हो रहा होता है, उसकी दो बातें सुननी पड़ती हैं।

दुम दबाकर भागना (650)

अर्थ : डरकर भागना। जैसे 'शेर देखते ही वह दुम दबाकर भाग लिये'।

दुय जगहा कै पाही, कूकुर मरि गा आवा जाही (651)

अर्थ : इस मुहावरे का शाब्दिक अर्थ है कि यदि दो जगह खेती हो तो कुत्ता (जो आमतौर पर मालिक के साथ ही दौड़ता है) आने-जाने में ही मर जाएगा। सापेक्ष परिस्थितियों में यदि किसी व्यक्ति को दो जगह पर काम देखना हो तो वह बस आने-जाने में ही रह जाता है, अतः एक काम पर पूरा ध्यान केंद्रित करना उचित है।

दूध की मक्खी की तरह निकाल बाहर करना (658)

अर्थ : किसी व्यक्ति को किसी कार्य से अनावश्यक समझकर पूरी तरह बाहर कर देना।

न कुत्ता देखेगा, न भौंकेगा (678)

अर्थ : यदि किसी व्यक्ति ने नहीं देखा है, तो वह घटना या दुर्घटना के संबंध में शोर नहीं मचाएगा।

न गंदी गली जाय, न कुत्ता काटे (679)

अर्थ : यदि बदनाम गली में कोई न जाए, तो लोग उसके ऊपर लांछन नहीं लगाएँगे।

नया सिपाही, हिरन के सींग उखाड़े (693)

अर्थ : नया सिपाही जोश में असंभव से दिखनेवाले काम करता है।

नामुराद हाथी, अपनी फौज को मारे (713)

अर्थ : बिगड़ा हाथी अपनी फौज को ही मारता है। कोई अपना ही नुकसान करने लगे तो उस स्थिति में इस मुहावरे का प्रयोग किया जाता है।

नोखे कै भैंस बियान, सबै दोहनी लै लै दौड़े (724)

अर्थ : किसी व्यक्ति की भैंस ने बच्चा दिया तो सभी बरतन लेकर दूध पाने की आशा में दौड़ पड़े। किसी वस्तु के मुफ्त में पाने की आशा में दूसरे व्यक्ति की सफलता के चारों ओर मँडराना। ऐसी परिस्थितियों में इस मुहावरे का प्रयोग किया जाता है।

नोखे गाँव माँ ऊँट आवा (725)

अर्थ : अनोखे गाँव में ऊँट आना आश्चर्य की बात है। किसी आश्चर्यजनक बात/घटना का होना।

पढ़े घर की बिल्ली भी सयानी होती है (740)

अर्थ : पढ़े-लिखे लोगों की संगत में रहनेवाला व्यक्ति भी होशियार हो जाता है।

पत्थर में जोंक नहीं लगती (745)

अर्थ : जिससे कुछ भी मिलने की संभावना नहीं होती, वहाँ मुफ्तखोर नहीं जाते।

परका घोड़ बुसैले ठाढ़ (750)

अर्थ : शाब्दिक अर्थ है कि घोड़े की आदत पड़ जाने पर वह भूसा रखने की जगह पर ही जाता रहता है। ऐसे ही कोई भी व्यक्ति वहीं जाता है, जहाँ उसका मन लगता है।

बकरे की माँ कब तक खैर मनाएगी (786)

अर्थ : इस मुहावरे का शाब्दिक अर्थ है कि मांसाहार के लिए बकरे को काटा जाना ही है, उसकी माँ कब तक सुरक्षा के लिए प्रार्थना करती रहेगी। अर्थात् पूर्व निश्चित कार्य होना ही है।

बछड़ा खूँटे के बल पर कूदता है (788)
अर्थ : कोई व्यक्ति किसी प्रमुख व्यक्ति के भरोसे पर ही डींग मारता है।

बंदर क्या जाने अदरक का स्वाद (802)
अर्थ : किसी निम्न श्रेणी के व्यक्ति को शालीन बातों का ज्ञान नहीं होता।

बंदर के गले में मोतियों का हार (803)
अर्थ : नासमझ आदमी को बहुमूल्य आभूषण और वस्त्रों को पहनने का न सलीका और न महत्त्व का ज्ञान होता है। अर्थात् अयोग्य व्यक्ति को बहुमूल्य वस्तु मिल जाने पर वह उसका उपयोग भलीभाँति नहीं कर पाता, ऐसी स्थितियों में इस मुहावरे का उपयोग किया जाता है।

बंदर के हाथ में आईना (804)
अर्थ : अशिक्षित व्यक्ति के हाथ में उच्च तकनीक का यंत्र देना।

बंदर के हाथ में उस्तरा (805)
अर्थ : नासमझ व्यक्ति के हाथ में खतरनाक वस्तु सौंपना।

बंदर (चूहे) को मिली हलदी, पंसारी बन बैठा (806)
अर्थ : थोड़ा महत्त्व मिलने पर अत्यंत महत्त्वपूर्ण बन जाना या समझ लेना। चूहे को लेकर भी इसी तरह का मुहावरा प्रयुक्त किया जाता है।

बंदर बाँट (807)
अर्थ : बिचौलिए का फायदा होना। इस मुहावरे के पीछे की कहानी यह है कि दो बिल्लियाँ आपस में एक रोटी के लिए लड़ रही थीं, तो बंदर ने फैसला करने का प्रस्ताव किया। बंदर ने तराजू में रोटी के टुकड़े रखे और जिधर ज्यादा होता, वह स्वयं खा लेता। इस तरह वह पूरी रोटी खा गया और बिल्लियाँ देखती रह गईं।

बलि का बकरा बनना (817)
अर्थ : सारी गलतियों की जिम्मेदारी किसी एक व्यक्ति पर डालना।

बहि बहि जांय बैलवा, बाँधे खाएँ तुरंग (820)

अर्थ : शारीरिक कार्य करनेवाले लोग बहुत परिश्रम करते हैं, जबकि उच्च वर्ग के लोग बैठे-बैठे खाते हैं।

बासी बचै, न कुत्ता खाय (849)

अर्थ : ताजा भोजन खाना ही लाभप्रद है।

बिच्छू का मंतर न जानैं, साँप की बिली म हाथ डालैं (850)

अर्थ : किसी छोटी समस्या का समाधान न कर पाने पर भी उससे बड़े कार्य को हाथ में लेना।

बिल्ली का गू, न लीपने का, न पोतने का (859)

अर्थ : किसी वस्तु या व्यक्ति का पूरी तरह अयोग्य होना। किसी काम का न होना।

बिल्ली के ख्वाब में छिछड़े ही छिछड़े (860)

अर्थ : किसी मनचाही वस्तु के सपने देखना या उसकी कामना करना।

बिल्ली के गले में घंटी कौन बाँधे (860)

अर्थ : इस मुहावरे के पीछे की कहानी यह है कि बिल्ली के आतंक से डरकर चूहों ने सभा की और तय किया गया कि यदि बिल्ली के गले में घंटी बाँध दी जाए, तो उसके आने का पता चल जाएगा और चूहे सुरक्षित स्थान में छिप जाएँगे। पर सवाल यह था कि बिल्ली के गले में घंटी कौन बाँधेगा। अर्थात् मुख्य समस्या का समाधान किए बिना छोटी-छोटी बातों में उलझे रहना। ऐसी स्थिति में इस मुहावरे का प्रयोग किया जाता है।

बिल्ली के पेट में घी नहीं पचता (862)

अर्थ : चंचल स्वभाव का व्यक्ति कोई गोपनीय बात छिपाकर नहीं रख सकता।

बिल्ली के भाग से छींका टूटा (863)

अर्थ : अनायास ही किसी मनचाही वस्तु का उपलब्ध हो जाना।

बिल्ली से छिछड़ों की रखवाली (864)

अर्थ : जिससे सबसे ज्यादा खतरा हो, उसी को वह कार्य सौंप देना। चोरों के जिम्मे घर की रखवाली सौंप देना।

बूझैं तो बूझैं लाल बुझक्कड़, और न बूझै कोय। पैर माँ चकिया बांधिके कहूं हिरन ना कूदा होय।। (875)

अर्थ : इस लोकोक्ति के पीछे की कहानी यह है कि किसी गाँव में रात में एक हाथी आकर चला गया। सुबह उसके पैर के निशान देखे गए। आश्चर्यचकित गाँववालों ने लाल बुझक्कड़ (गाँव का सयाना) से इस जानवर को पहचानने को कहा। उन्होंने अपने सीमित ज्ञान के आधार पर यह अंदाजा लगाया कि शायद हिरन पैर में चकिया का पत्थर बाँधकर कूद गया होगा। अर्थात् सीमित ज्ञान के बनावटी विशेषज्ञ किस तरह अतार्किक एवं हास्यास्पद सुझाव देते हैं। ऐसी स्थितियों में इस मुहावरे का प्रयोग किया जाता है।

बूढ़ी घोड़ी, लाल लगाम (878)

अर्थ : वृद्धावस्था में भी बनाव-सिंगार करना।

भयी गति साँप छछूँदर केरी (893)

अर्थ : किसी कार्य के दोनों विकल्प ग्राह्य न होने पर इस मुहावरे का प्रयोग किया जाता है।

भीगी बिल्ली (901)

अर्थ : डर जाना, डर से दुबककर बैठ जाना।

भेड़ की लात क्या और औरत की बात क्या (904)

अर्थ : भेड़ की लात जैसे हलकी होती है, उसी तरह औरत के कहे-सुने का बुरा नहीं मानना चाहिए।

भैंस/गाय के अपने सींग भारी नहीं होते (905)

अर्थ : किसी को अपने परिवार के सदस्यों की जिम्मेदारी उठाना भार नहीं लगता है।

भैंस के आगे बीन बजाए, भैंस खड़ी पगुराय (906)

अर्थ : अज्ञानी व्यक्ति से ज्ञान की बातें करना व्यर्थ है।

मक्खी छोड़ना, हाथी निगल जाना (907)

अर्थ : छोटी-छोटी गलतियों को देखना, पर बड़ी गलती को, जिसमें कुछ स्वार्थ है, का संज्ञान न लेना।

मछली के पूत को कौन तैरना सिखाता है (908)

अर्थ : व्यावसायिक व्यक्तियों की संतानों में दक्षता स्वतः स्फूर्त होती है।

मरकहा बैल, जी का जलापा (919)

अर्थ : मरकहे बैल की देखभाल करना कष्टप्रद है। अर्थात् घर के क्रोधी सदस्य सदैव कष्ट देते हैं।

मरा हाथी सवा लाख का (924)

अर्थ : शाब्दिक अर्थ है कि मरा हुआ हाथी, उसके दाँत, हड्डी आदि के कारण जिंदा हाथी से ज्यादा मूल्यवान् होता है। अर्थात् कई वस्तुओं के कबाड़ का दाम बढ़ जाता है।

मरे शेर से जीती बिल्ली अच्छी (928)

अर्थ : मरे हुए बलवान् व्यक्ति से जिंदा कमजोर व्यक्ति अच्छा है, वह किसी के काम तो आ सकता है।

मांछी छींक मारिस (934)

अर्थ : शाब्दिक अर्थ है कि मक्खी ने छींक दिया है, इसलिए यह काम नहीं कर सकते। **भावार्थ :** किसी कार्य को करने में रुचि न होने पर अविश्वसनीय बहाने ढूँढ़ना। ऐसी स्थिति में इस मुहावरे का प्रयोग किया जाता है।

मियाँ मिट्ठू पढ़ो, नहीं तो पिंजड़ा खाली करो (954)

अर्थ : तोते को कहा जानेवाला यह वाक्य विस्तृत परिवार के किसी सदस्य के लिए मुहावरे के रूप में लागू होता है।

मुरगी अपनी जान से गई, खानेवालों को स्वाद न आया (965)

अर्थ : किसी ने काम में जी-जान लगा दिया, पर उपभोक्ताओं को पसंद न आया।

मुरगे की एक ही टाँग (966)

अर्थ : कई बार समझाने के बाद भी अपनी बात पर अड़े रहना। समकक्ष, 'ढाक के तीन पात'।

मुरगे की बाँग कौन सुनता है (967)

अर्थ : मुरगे की बाँग सुनकर भी कोई नहीं उठता। अर्थात् उपदेश या नेक सलाह किसी को ग्राह्य नहीं होती।

मेढकी को जुकाम (988)

अर्थ : मेढकी पानी में सहज रूप से रह सकती है, अत: उसे जुकाम नहीं होता। **भावार्थ :** नखरे दिखाना।

मेहनत करै मुरगा, अंडे खाएँ सुभान (990)

अर्थ : मेहनत कोई करे और फल कोई और प्राप्त करे, ऐसी स्थिति में इस मुहावरे का प्रयोग किया जाता है।

यह गुड़ नहीं है, जिसे चींटे खाएँ (998)

अर्थ : यह ऐसी वस्तु नहीं है, जो सर्वसाधारण को उपलब्ध हो।

रँगा सियार (1003)

अर्थ : इस मुहावरे के पीछे की कहानी यह है कि एक सियार नीले रंग के हौज में गिर गया और वह नीला हो गया। जंगल में वापस पहुँचने पर अन्य जानवरों ने

यह सोचकर कि नया जानवर आ गया है, उसे सम्मान देने लगे और वह राजा बन बैठा। कालांतर में उसकी पोल खुल गई और वह मारा गया। अर्थात् बनावटी श्रेष्ठता बहुर देर तक नहीं चल सकती है। इसी संदर्भ में यह मुहावरा प्रयोग किया जाता है।

रट्टू तोता (1004)

अर्थ : किसी बात की समझ न होने पर भी रटे हुए सही अर्थ बताना। जैसे, 'उनको कोई ज्ञान नहीं है, बस रट्टू तोते जैसी कथा कहते जा रहे हैं'।

लँगड़ी बटेर आसमान पर घोंसला (1042)

अर्थ : कमजोर व्यक्ति का किला जीतने का स्वप्न देखना। समकक्ष, 'रहैं झोंपड़ी में ख्वाब देखैं महलों के'।

लोमड़ी के शिकार को शेर का सामान चाहिए (1071)

अर्थ : किसी छोटे काम के लिए बड़ा प्रबंध करना।

वह दिन गए, जब खलील मियाँ फाख्ता उड़ाते थे (1074)

अर्थ : बहुत अच्छा समय व्यतीत हो चुका है।

शशोपंज में पड़ना/फँसना (1083)

अर्थ : दो विरोधाभासी स्थितियों में निश्चय न कर पाना। इस मुहावरे के पीछे की कहानी यह है कि एक चील खरगोश को लेकर उड़ी, तभी एक बाज ने उसका पीछा कर लिया। अब वह खरगोश को छोड़ती है तो उसका भोजन जाता है और नहीं छोड़ती है तो बाज उसे मार देगा।

शिकार के वक्त कुतिया हगासी (1084)

अर्थ : किसी कार्य/उत्सव के मुख्य अवसर पर प्रमुख व्यक्ति का किसी और काम में व्यस्त रहना।

शेर कब मुँह धोता है (1086)

अर्थ : गंदा व्यक्ति इस तरह अपने को सही ठहराता है।

सब कुत्ते काशी गए तो हंड़िया किसने चाटी (1094)

अर्थ : यदि सभी पवित्र कार्यों में लगे हुए हैं, तो पापकर्म (बदमाशी) किसने किया।

सराय का कुत्ता, हर मुसाफिर का यार (1104)

अर्थ : सार्वजानिक कार्यों में लगा हुआ व्यक्ति कुछ पाने की आशा में सभी से दोस्ती रखता है।

साँप और चोर दबने पर चोट करता है (1114)

अर्थ : साँप दब जाने पर और चोर घिर जाने पर ही चोट करता है।

साँप का काटा रस्सी से डरता है (1115)

अर्थ : एक बार नुकसान होने पर वैसी स्थितियों से डरना, अत्यंत आशंकित रहना। समकक्ष, 'दूध का जला छाछ फूँक-फूँक कर पीता है'।

साँप का काटा सोवै, बिच्छू का काटा रोवै (1116)

अर्थ : साँप के काटने से आदमी मूर्च्छित हो जाता है या मर जाता है, पर बिच्छू के काटने से दर्द से रोता है।

साँप का बच्चा सँपोला (1117)

अर्थ : साँप के बच्चे में भी उतना ही जहर रहता है। अर्थात् पैतृक अवगुण संतान में भी आ जाते हैं।

साँप का सिर ही कुचलते हैं (1118)

अर्थ : साँप के सिर पर चोट करने से ही वह मरता है, बाकी शरीर की चोट प्राणघातक नहीं होती।

साँप निकल गया, लकीर पीटते रहना (1119)

अर्थ : दुर्घटना हो जाने के बाद उसकी विवेचना करते रहना।

साँप मरै न लाठी टूटै (1120)

अर्थ : बीच का समाधान निकालना, जिससे दोनों पक्षों को नुकसान न हो।

साँप सब जगह टेढ़ा चलता है, लेकिन अपनी बाँबी में सीधा जाता है (1121)

अर्थ : दुष्ट व्यक्ति औरों को नुकसान पहुँचाते हैं, पर अपनों को नहीं।

सारी रात मिमियाई, एक बच्चा बियाई (1125)

अर्थ : बहुत शोर-शराबा करने के बाद आशा के विपरीत परिणाम आना।

सीख वाको दीजिए, जाको सीख सुहाय। सीख न दीजै बांदरा कि घर बये का जाय।। (1134)

अर्थ : इस लोकोक्ति के पीछे की कहानी यह है कि एक बया पक्षी ने बरसात के समय बंदर को यह सीख दी कि यदि वह सूखे के समय उसकी तरह घोंसला बना लेता तो आज यह कष्ट न उठाना पड़ता। इस पर भीगते हुए बंदर ने बया पक्षी का घोंसला नोचकर फेंक दिया। अत: लोकोक्ति के अनुसार सीख उसी को देनी चाहिए, जिसको सीख अच्छी लगे।

सूना घर, बर्र का राज (1144)

अर्थ : घर में अगर कोई नहीं रहता है तो बर्र उसमें छत्ता बना लेती हैं।

सेज की मक्खी भी बुरी (1148)

अर्थ : स्त्री पति के साथ किसी और स्त्री, चाहे वह मक्खी ही क्यों न हो, को सहन नहीं करती है।

सोते का मुँह कुत्ता चाटे (1152)

अर्थ : आलसी व्यक्ति अपनी देखभाल भी नहीं कर सकता है।

सौ चूहे खाय के चली बिलरिया हज (1156)

अर्थ : बहुत सारे पाप करने के बाद कोई व्यक्ति पुण्य का काम करने लगे तो उस स्थिति में इस मुहावरे का प्रयोग किया जाता है।

हाकिम के अगाड़ी और घोड़े के पिछाड़ी नहीं रहना चाहिए (1171)

अर्थ : इस लोकोक्ति का अर्थ यह है कि हाकिम सामनेवाले व्यक्ति से ही सवाल करता है और उचित जवाब न मिलने पर डाँट पड़ती है। इसी तरह घोड़े के पीछे खड़े होने पर दुलत्ती खाने का अंदेशा रहता है।

हाथी के दाँत खाने के और, दिखाने के और (1180)

अर्थ : किसी कार्य या घटना के एक पहलू को दिखाने के लिए तथा दूसरे पहलू को आतंरिक उपयोग के लिए रखना।

होश फाख्ता होना (1187)

अर्थ : होश उड़ जाना, डर जाना (समकक्ष, रंग उड़ जाना)।

□

जातियों से संबंधित मुहावरे

भारतीय समाज में वर्ण व्यवस्था वैदिक काल से रही है, जो प्रारंभ में व्यक्ति के स्वभाव और गुणों पर आधारित थी। जिनमें बुद्धि और विवेचना की शक्ति थी, वे ब्राह्मण, जिनमें शौर्य और बल था, वे क्षत्रिय, जिनमें वाणिज्यिक ज्ञान था, वे वैश्य तथा जो सेवा क्षेत्र में निपुण थे, उन्हें शूद्र वर्ण में रखा गया। सभी वर्ण समाज रूपी शरीर के अभिन्न अंग थे, जैसे सिर (मस्तिष्क, ब्राह्मण), बाहु (बल, क्षत्रिय), शरीर (लेन-देन, वैश्य) तथा पैर जिस पर पूरा शरीर टिका रहता है, की तरह एक-दूसरे के पूरक और अविभाज्य थे। कालांतर में इस व्यवस्था में विकृति आई और यह व्यवस्था गुण के बजाय कुल पर आधारित हो गई, जो एक सीमा तक तो उचित था; क्योंकि किसी कार्य में निपुणता प्राप्त करने के लिए कुल ही प्रमुख कारक होता है। धीरे-धीरे इस व्यवस्था में रूढ़िता आई और समाज के सशक्त वर्ग अन्य अशक्त वर्गों का शोषण करने लगे। आज के भारतीय समाज में परिवर्तन आ रहा है और पुन: आधुनिक विचारधारा पर आधारित एक स्वस्थ समाज का निर्माण संभव हो सकेगा।

हिंदी भाषा की तरह अवधी में भी जाति आधारित मुहावरों का प्रचलन है, जो एक स्वस्थ आलोचनात्मक टिप्पणी जैसा सर्वमान्य है। कभी-कभार यह टिप्पणी मर्यादा की सीमा पार कर जाती है, अत: ऐसे मुहावरों को इस संकलन में स्थान नहीं दिया गया है। कुछ मुहावरे पुरानी परिपाटी अथवा मान्यता को दरशाते हैं, जिन्हें वर्तमान संदर्भ में मान्य नहीं ठहराया जा सकता है। ऐसे मुहावरों के अर्थ में लेखक की असहमति लिपिबद्ध की गई है। जाति संबंधी मुहावरों के संकलन का आशय जात-पाँत को बढ़ावा देना अथवा कटाक्ष करना नहीं है, यह विशुद्ध रूप से शैक्षिक

ही है। संकलन अक्षरानुसार है और कोष्ठक में दिया हुआ अंक सारणी का अंक प्रदर्शित करता है। संकलन का आनंद लीजिए।

अनदेखा चोर, साह बराबर (32)

अर्थ : जब तक चोर पकड़ा नहीं जाता, वह साहूकार के बराबर ही समझा जाता है।

आग जाने, लोहार जाने, धौंकनेवाले की बला जाने (90)

अर्थ : किसी काम को करनेवाले आपस में समझें, हमें इससे क्या लेना-देना। संदर्भ निरपेक्ष की स्थिति में इस मुहावरे का प्रयोग किया जाता है।

आन का पंडित साइत बतावैं, अपना चलैं भद्रा (118)

अर्थ : दूसरे के लिए कुछ और तथा अपने लिए अलग मानक निर्धारित करना। उर्दू में 'दिगरा नसीहत, खुद मियाँ फजीहत'।

करिया बाभन, गोरिया सूद। कंजा तुरुक भोर रजपूत।। (235)

अर्थ : यह लोकोक्ति जाति सूचक है, जिसका अर्थ है कि यदि किसी ब्राह्मण का रंग काला है, किसी शूद्र का रंग गोरा है, किसी मुसलिम व्यक्ति की आँख बिल्ली जैसी है और किसी क्षत्रिय का रंग बहुत गोरा है तो यह असामान्य है और वे भरोसे के लायक नहीं हैं। यह पुरानी धारणा है, जिससे लेखक सहमत नहीं है।

कहे से धोबी/कुम्हार गधे पर नहीं बैठता (244)

अर्थ : कह देने से कोई व्यक्ति वह काम नहीं करता, जब उसका मन होगा, तब वह स्वत: ही करेगा।

कहाँ राजा भोज, कहाँ गंगू तेली (245)

अर्थ : राजा और निम्न वर्ग के व्यक्ति में कोई समानता नहीं होती।

कुछ गुड़ ढीला, कुछ बनिया (281)

अर्थ : कुछ सामान ठीक नहीं था और कुछ बेचनेवाले में रुचि नहीं थी, अत: व्यापार अच्छा नहीं हुआ।

कुछ लोहा खोटा, कुछ लोहार (282)

अर्थ : किसी काम में गड़बड़ी होने पर दो मुख्य कारकों पर जिम्मेदारी डालना।

खाली बनिया क्या करे, इस कोठी का धान उस कोठी (320)

अर्थ : बनिया खाली नहीं बैठता, कुछ–न–कुछ करता रहता है, चाहे वह अनुपयोगी ही क्यों न हो।

गढ़े कुम्हार, बरते संसार (343)

अर्थ : कुम्हार बरतन बनाता है, जिसे सारा संसार प्रयोग में लाता है। अर्थात् एक व्यक्ति द्वारा बनाई गई वस्तु सभी के काम आती है।

चलनी कै चम्मा, कायथ गुलाम्मा, हंस के मांगै दम्मा, ये तीनों काम निकम्मा (420)

अर्थ : चलनी का चमड़ा, जिसमें बहुत से छेद होते हैं, किसी और काम का नहीं रह जाता। इसी तरह कायस्थ परिवार का नौकर, जिसे सरल काम करने की आदत पड़ जाती है, किसी और घर के उपयुक्त नहीं रह जाता, जहाँ कठिन परिश्रम की आवश्यकता होती है। इसी क्रम में कर्ज के रुपयों की वसूली हँसकर नहीं की जा सकती (बिना सख्ती के वसूली नहीं होती)। ये तीनों स्थितियाँ व्यर्थ (अलाभदायक) हैं।

चोर से कहे चोरी कर, साह से कहे जागते रहो (452)

अर्थ : दोनों पक्षों की तरफदारी करना। दोनों पक्षों से मेल–मिलाप रखना।

चौबे गए छब्बे होने, रह गए दुबे (455)

अर्थ : बड़े होने की महत्त्वाकांक्षा पाली, पर हो गए और छोटे।

जाट मरा तब जानिए, जब तेरहवीं होय (501)

अर्थ : जाट बड़े जीवट के लोग होते हैं, अतः मरने के बाद भी उठ खड़े हो सकते हैं।

जात न पूछो साधु की (502)

अर्थ : यह लोकोक्ति कबीरदासजी की साखी (साक्ष्य सहित) से है, जिसका अर्थ है कि साधु की कोई जाति नहीं होती, वे ज्ञान से ही पहचाने जाते हैं। पूरी साखी इस प्रकार है 'जात न पूछो साधु की, ज्ञान की है पहचान। काम परै तरवार सों, लटक रही है म्यान।।'

जात-पांत पूछै नहि कोई, हरि का भजै सो हरि का होई (503)

अर्थ : ईश्वर की पूजा करने में कोई जात-पांत नहीं पूछता है, जो ईश्वर की पूजा करेगा, वही ईश्वर को प्राप्त करेगा।

जौन रही हंसिया मा धार, वहू क लैगें भगन लोहार (559)

अर्थ : किसी कार्य में थोड़ी विशेषता थी, वह भी किसी अन्य के कारण समाप्त हो जाने पर इस मुहावरे का प्रयोग किया जाता है।

ठकुर सोहाती (568)

अर्थ : वही बात कहना, जो प्रमुख व्यक्ति को पसंद हो। चापलूसी करना।

तेलिया जोरैं बेलिया बेलिया, रहमान धकेलैं कुप्पा (603)

अर्थ : कोई व्यक्ति थोड़ा-थोड़ा धन एकत्र करता है, पर अन्य लोग उस धन को तुरंत ही खर्च कर देते हैं। यही बात अन्य वस्तुओं के बारे में भी कही जा सकती है। ऐसी सापेक्ष स्थितियों में इस मुहावरे का प्रयोग किया जाता है।

तेली का तेल जले, मशालची का दिल जले (604)

अर्थ : किसी की फिजूलखर्ची देखकर दूसरे परेशान हों, ऐसी स्थिति में इस मुहावरे का प्रयोग किया जाता है।

तेली का बैल (605)

अर्थ : एक ही तरह का काम करते रहना, जिसमें प्रोन्नति की संभावना न हो।

दुबे दुबकड़ी, तिबे नबाब, तेवारी हरजोतना, सुकुल चमार (649)

अर्थ : यह लोकोक्ति ब्राह्मण जाति के विभिन्न उपजातियों के लक्षण बताती है। द्विवेदी लोग दुबकनेवाले, त्रिवेदी लोग नवाबी मानसिकता के, तिवारी लोग

अधिकतर कृषिकार्य में तथा शुक्ल लोग मानसिक रूप से निम्न श्रेणी के होते हैं। यह पुरानी विचारधारा की बात है, लेखक इस तरह के सामान्यीकरण से सहमत नहीं है।

धोबी का कुत्ता, न घर का न घाट का (672)
अर्थ : दो भिन्न परिस्थितियों में किसी पर भी पूरा ध्यान न दे पाना।

धोबी का छैला, एक उजला, एक मैला (673)
अर्थ : धोबी के यहाँ गंदे और धुले कपड़े दोनों रहते हैं।

धोबी की बिटिया, न नैहरे सुख न ससुरे (674)
अर्थ : धोबी की बेटी को दोनों जगह कपड़े धोने पड़ते हैं, अतः वह न मायके और न ही ससुराल में सुखी रहती है।

नटनी बाँस पर चढ़ी तो अब घूँघट कैसा (685)
अर्थ : जब प्रदर्शन करना है, तो घूँघट (परदे) की क्या आवश्यकता।

नवा धोबी कथरी म साबुन मलै (698)
अर्थ : नए अकुशल व्यक्ति द्वारा कुछ असंगत आचरण करने पर इस मुहावरे का प्रयोग किया जाता है।

नाई की बरात में सब ठाकुर ही ठाकुर (700)
अर्थ : नाई की बरात में सभी अपने को मालिक समझते हैं।

नाई बाल कितने, काट देते हैं गिन लेना (701)
अर्थ : नाई से पूछा गया कि कितने बाल हैं, उसने जवाब दिया अभी काट देते हैं, गिन लेना। अर्थात् किसी अप्रत्याशित बात का अंदाजा लगाने के बजाय धैर्य रखने की सलाह देना।

नोखे की नाउन, बाँसे की नहन्नी (723)
अर्थ : नई नाइन (सौंदर्य परिचारिका) कुछ नया करने के लिए बाँस की नहन्नी (नाखून काटने का यंत्र) का उपयोग करने लगी। कुछ नया करने के लिए असंगत आचरण करने पर इस मुहावरे का प्रयोग किया जाता है।

पांडे जी पछताएँगे, वही भौरिया खाएँगे (761)

अर्थ : किसी कार्य को पहले न करना, पर घूम-फिर कर वही कार्य करना पड़ जाए तो इस मुहावरे का प्रयोग किया जाता है।

पानी पीकर, जात पूछना (764)

अर्थ : शाब्दिक अर्थ है कि जब पानी पी ही लिया है तो जात क्या पूछनी। अर्थात् काम पूरा हो जाने के बाद उसकी विवेचना से कोई लाभ नहीं।

बनिया मारै जान को, ठग मारै अनजान को (809)

अर्थ : बनिया जान-पहचानवालों से बेईमानी करता है, जबकि ठग बिना जान-पहचानवाले लोगों को ठगता है।

बनिए का कर्ज और घोड़े की दौड़ बराबर है (810)

अर्थ : बनिए से लिया हुआ कर्ज बड़ी तेज गति से बढ़ता है।

बभनन माँ साकलदीपी, मुसलमान माँ बेहना। चिरइन माँ मुरगा मुरगी, कैथन माँ सक्सेना।। (811)

अर्थ : विभिन्न जाति और पंथ के लोगों में, जो निम्न वर्ग में आते हैं, उनका वर्णन इस लोकोक्ति में किया गया है। यह प्राचीन धारणा को व्यक्त करता है, जिससे लेखक सहमत नहीं है।

बाँदी और के पाँव धोवै, अपने लिये सोवै (832)

अर्थ : नौकरानी दूसरों के पैर धोती है, पर उसे अपने पैर धोने का समय ही नहीं मिलता।

बाँधे बनिया कहूँ बजार लागत है (833)

अर्थ : वह कार्य जो 'स्वान्तः सुखाय' किए जाते हैं, उन्हें जबरदस्ती नहीं कराया जा सकता है।

बांभन कूकुर हाथी, नहीं जात के साथी (841)

अर्थ : इस लोकोक्ति का अर्थ है कि ब्राह्मण, कुत्ता और हाथी अपनी जाति के साथ नहीं चलते।

बारा ब्राह्मण, बारा बात, बारा देहाती, एक घाट (842)

अर्थ : बारह ज्ञानी व्यक्तियों के बारह मत होते हैं, जबकि बारह साधारण लोग किसी एक बात पर सहमत हो जाते हैं। समकक्ष, संस्कृत में 'मुंडे मुंडे, मतर्भिन्ना'।

लोनिये का लोन गिरा, दूना हुआ (1070)

अर्थ : नमक बनानेवाले का नमक जमीन में गिर जाता है तो वह मिट्टी सहित उठा लेता है, इस तरह वह दुगुना हो जाता है। अर्थात् निम्न वर्ग के आचरण में शुद्धता का विशेष महत्त्व नहीं होता है।

विप्र पहरुआ, चेरि धन औ बिटियन की बाढ़। इतनेव से धन ना घटै, तौ किहेउ बड़ेन से रार।। (1081)

अर्थ : इस लोकोक्ति का शाब्दिक अर्थ है कि ब्राह्मण को चौकीदार का काम, बकरियाँ पशुधन के रूप में तथा परिवार में लड़कियाँ बढ़ने से धन घट जाता है। यदि और धन घटाना है तो बड़ों से झगड़ा कर लेना चाहिए। अर्थात् चतुर बुद्धिमान व्यक्ति को चौकीदार रखने से सामान के निकल जाने की संभावना रहती है। बकरियाँ पौधों को जड़ से चरती हैं, अतः फसल पनप नहीं पाती है। इसी तरह अधिक कन्याएँ होने से शादी-विवाह में दहेज देना होता है और बड़ों से झगड़ा होने पर मुकदमों में व्यर्थ धन गँवाना पड़ता है। अतः इन सब बातों से बचना चाहिए। यह पुरानी मान्यताएँ हैं और लेखक इन बातों से सहमत नहीं है।

सौ दिन चोर के तो एक दिन साह का (1159)

अर्थ : विपक्ष की बदमाशियाँ बार-बार होती रह सकती हैं, पर एक दिन पक्ष का भी आता है, जब वह सबको ठीक कर देता है।

सौ सोनार की, एक लोहार की (1162)

अर्थ : इस मुहावरे का शाब्दिक अर्थ है कि सोनार की छोटी हथौड़ी की सौ चोटों का जवाब लोहार के बड़े हथौड़े की एक ही चोट काफी है। किसी व्यक्ति की छोटी-छोटी साजिशों को दूसरे व्यक्ति की एक बड़ी साजिश नाकाम कर सकती है, ऐसी स्थिति में इस मुहावरे का प्रयोग किया जाता है।

□

रिश्तों से संबंधित मुहावरे

कहा गया है, मनुष्य एक सामाजिक प्राणी है। व्यक्ति के अपने सामाजिक रिश्ते सबसे महत्त्वपूर्ण होते हैं। व्यावसायिक या अन्य स्तर के संबंधों का अपना अलग महत्त्व है। कई बार स्वार्थसिद्धि के लिए भी रिश्ते गढ़े जाते हैं। इन तरह-तरह के रिश्तों और संबंधों पर भी बहुत से मुहावरे और लोकोक्तियाँ प्रचलित हैं, जिन्हें इस अध्याय में संग्रहीत किया गया है। अन्य अध्यायों की तरह यह संकलन भी अक्षरानुसार है।

अनजाना गोड़ देखिन कहिन मौसी पाय लागी (31)

अर्थ : किसी अनजाने व्यक्ति से अपना स्वार्थ सिद्ध करने के लिए दिखावे के तौर पर रिश्ता जोड़ने की कोशिश करना।

आज बदरी, बिहान बदरी, आवै पहुनवा तो मार मोंगरी (98)

अर्थ : इस लोकोक्ति का शाब्दिक अर्थ है कि जब बरसात हो और बादल लगातार छाए हों तो ऐसे में कोई रिश्तेदार (विशेष रूप से दामाद) आए तो उसे मोंगरी से मारकर भगा देना चाहिए। भावार्थ यह है कि वर्षा ऋतु की कठिन परिस्थितियों में, जब गाँवों में रहने-खाने की समस्या रहती है, किसी अतिथि का आना स्वागत योग्य नहीं है।

आनामासीधम, बाप पढ़े ना हम (121)

अर्थ : आनामासीधम 'ॐ नम: सिद्धम' का अपभ्रंश है। विद्या आरंभ करते समय गणेशजी की उपासना 'ॐ नम: सिद्धम', 'मैं गणेशजी का नमन करता हूँ',

से की जाती है। इस मुहावरे का अर्थ है कि हमारे कुल में किसी ने विद्या आरंभ नहीं की है, मैं और मेरे पिताजी, दोनों अपढ़ हैं। यह मुहावरा वार्त्तालाप में अधिक प्रयोग किया जाता है।

आप हारे, बहू को मारे (124)

अर्थ : जब औरों से हार जाए तो घर में बहू को प्रताड़ित करे। समकक्ष, 'आन पर बस न चलै, तो गदहा कै कान उमेठै')।

आईं बीबी आकिला, सब कामों में दाखिला (131)

अर्थ : पढ़ी-लिखी अक्लवाली बहू हर काम में हस्तक्षेप करती है या अपनी अलग राय रखती है।

आई है जान के साथ, जायगी जनाजे के साथ (133)

अर्थ : बहू घर में प्रियतम के साथ आती है, पर जाती है मरने के बाद ही।

एक दिन मेहमान, दो दिन मेहमान, तीसरे दिन बलाए जान (193)

अर्थ : एक-दो दिन का मेहमान अच्छा लगता है, इसके बाद वह जान की मुसीबत बन जाता है।

काबुल गए, मुगल होइ आए, बोलैं अरबी बानी। आब आब मा अब्बा मरिगे, खटिया तरे धरा पानी।। (263)

अर्थ : इस लोकोक्ति का शाब्दिक अर्थ है कि कोई सज्जन काबुल और मुगलों के देश होकर आए और लौटकर अरबी भाषा में ही बातचीत करने लगे। कालांतर में जब वह बीमार पड़े और प्यास लगी तो पानी के लिए आब-आब माँगने लगे और अंततः मर गए, जबकि चारपाई के नीचे ही पानी रखा हुआ था। अर्थात् विदेश से वापस आकर वहाँ की भाषा बोलना और हाव-भाव दिखाना महँगा पड़ सकता है। समकक्ष, 'रँगा सियार'।

केहिकै करौं सिंगार, पिया मोर आंधर (291)

अर्थ : किसके लिए बहुत अच्छा काम किया जाए, यदि प्रमुख व्यक्ति या अधिकारी इस ओर ध्यान ही न देता हो।

कोउ कहाँ कै गावै, पाना अपने नैहरेन कै गावैं (293)

अर्थ : किसी और संदर्भ की बात होने पर भी अपनी संदर्भ विहीन बात ही करते रहना।

खाला का घर (318)

अर्थ : बेतकल्लुफ होकर रहना। जैसे 'क्या खाला का घर समझ रखा है कि जहाँ मन होगा, वहाँ बैठेंगे'।

खाली घर भूतों का डेरा/बिन घरनी, घर भूत का डेरा (319)

अर्थ : खाली घर या बिना गृहिणी के घर भूतों का डेरा लगता है। अर्थात् घर की साज-सज्जा गृहिणी के कारण है।

गरीब की जोरु, सबकी भौजाई (354)

अर्थ : गरीब आदमी की पत्नी से सभी मजाक कर लेते हैं।

गाये-गाये बियाह (359)

अर्थ : जगह-जगह जिक्र करने से ही सुयोग्य वर या वधू विवाह के लिए मिलती है।

गोंड्ये आई बरात तो पगरैतिन के लाग हगास (378)

अर्थ : जब बारात गाँव के पास पहुँच गई तो प्रमुख कार्यकत्री को स्नानघर जाने की जरूरत महसूस हुई। अर्थात् किसी कार्य/पर्व के मुख्य अवसर पर प्रमुख कार्यकर्ता के किसी अन्य कार्य में व्यस्त होने की स्थिति में इस मुहावरे का प्रयोग किया जाता है।

घर देखै ओसारे से, दुल्हिन देखै सारे से (391)

अर्थ : घर का अंदाजा बाहरी बैठक से और भावी दुलहन का अंदाजा उसके भाई (साले) से लगाया जाता है।

घर बिगाड़ा आलों ने या सालों ने (392)

अर्थ : इस लोकोक्ति का अर्थ है कि घर में बहुत से ताखे होने पर उसकी

शोभा बिगड़ जाती है, उसी तरह सालों (पत्नी के भाइयों) के हस्तक्षेप से संयुक्त परिवार बिगड़ सकता है।

घर में नहीं दाने, अम्माँ चलीं भुनाने (393)

अर्थ : यदि सामर्थ्य नहीं है तो कोई बड़ा काम हाथ में न लेना चाहिए।

घी पकाए सालना, बड़ी बहू का नाम (399)

अर्थ : इस मुहावरे का शाब्दिक अर्थ है कि सालन घी की वजह से अच्छा बन गया, पर नाम तो खाना बनानेवाली बड़ी बहू का ही होगा। अर्थात् किसी अन्य घटक की वजह से कोई काम अच्छा हो जाता है तो भी नाम कर्ता का ही होगा। ऐसी स्थिति में इस मुहावरे का प्रयोग किया जाता है।

चूड़ा दही अनंदी, ना घर सास ननंदी, गपकौं कि ना गपकौं।
साल बबुर का मूसर, ना घर दूसर तीसर, धमकौं कि ना धमकौं।।(442)

अर्थ : इस लोकोक्ति के पीछे की कहानी यह है कि एक स्त्री अपने ससुराल में सास और ननंद के न रहने पर वह स्वयं से पूछती है कि चूड़ा-दही आनंद से खाया जाए या नहीं। यह बात उसका पति कहीं से सुन रहा था, अतः उसने उसी तर्ज में जवाब दिया कि घर में साल और बबूल की लकड़ी का मूसर मौजूद है और घर में कोई है भी नहीं, क्या उससे धुनाई की जाए या नहीं। इस तरह पति सुस्वादु भोज्य पदार्थ को अकेले खाने से पत्नी को वर्जित करता है। ऐसी सापेक्ष परिस्थितियों में इस लोकोक्ति का प्रयोग किया जाता है।

चोर का भाई गिरहकट (448)

अर्थ : चोर का भाई भी वैसा ही होगा, अगर चोर नहीं तो गिरहकट तो होगा ही।

चोर-चोर मौसेरे भाई (450)

अर्थ : दो गलत कम करनेवालों में घनिष्ठ मित्रता होती है।

छोटा घर बड़ा समधियाना (464)

अर्थ : अपने से बड़े घर में बेटा या बेटी की शादी करना। भावार्थ, बड़े सपने देखना। समकक्ष, 'छोटे मुँह बड़ी बात'।

जरूरत ईजाद की माँ है (482)

अर्थ : जरूरत पड़ने पर आदमी नए अविष्कार करता है। आवश्यकता अविष्कार की जननी है।

जान न पहचान, बड़ी बुआ सलाम (505)

अर्थ : जान-पहचान के बिना रिश्तेदारी का बहाना बना लेना। समकक्ष, 'अनजाना गोड़ देखिन, कहिन मौसी पाय लागी'।

जेहिकै जस घर दुआर, तेहिकै तस फरिका। जेहिकै जस महतारी बाप, तेहिकै तस लरिका।। (539)

अर्थ : बच्चों को संस्कार माँ-बाप से ही मिलते हैं, जैसे जिस तरह का घर होता है, उसी तरह उसका बाहरी दरवाजा होता है। इस लोकोक्ति का यही मत है।

जैसी माई, वैसी जाई (545)

जैसी माँ, वैसी बेटी।

जोरु खसम की लड़ाई, दूध की सी मलाई (554)

अर्थ : पति-पत्नी की लड़ाई ऊपरी तौर पर ही रहती है, जैसे दूध के ऊपर की मलाई।

जोरु टटोलै फेंट, माँ टटोलै पेट (555)

अर्थ : पत्नी पैसे के लिए गाँठ टटोलती है, जबकि माँ बेटे का पेट टटोलती है कि उसने खाना खाया या नहीं।

डोली में आई है, अर्थी पर जाएगी (575)

अर्थ : बहू डोली में आती है और मरने के बाद ही घर से जाती है।

दादा मीठ दादी मीठ, तौ सरगे के जाई (626)

अर्थ : शाब्दिक अर्थ, जब दादा और दादी दोनों अच्छे लगते हैं, तो स्वर्ग कौन जाएगा। अर्थात् किसी-न-किसी को अप्रिय काम करना ही पड़ेगा।

दुलहन वही जो पिया मन भावे (652)

अर्थ : जिसको पिया चाहे, वही सुहागिन। अर्थात् जिसको मुख्य कर्ता पसंद करे, वही कुशल कारीगर।

धिया क गुन के गावै, धिया क माई (668)

अर्थ : इस मुहावरे का शाब्दिक अर्थ है कि लड़की के गुणों का बखान सबसे ज्यादा लड़की की माँ करती है। यदि किसी व्यक्ति की बड़ाई उसके अपने नजदीकी ही करने लगें तो उस स्थिति में इस मुहावरे का प्रयोग किया जाता है।

धी की माँ रानी, भरै बुढ़ापे पानी (669)

अर्थ : बेटी की माँ रानी की तरह रहती है, क्योंकि बेटियाँ घर का सारा काम-काज सँभाल लेती हैं, पर बुढ़ापे में उन्हें अपने काम-काज स्वयं करने पड़ते हैं; क्योंकि बेटियाँ तब तक ससुराल चली जाती हैं।

नानी के आगे, ननियौरे की बातें (710)

अर्थ : नानी के सामने ननिहाल की बातें करना हास्यास्पद है।

पूत के पाँव पालने में देखे जाते हैं (770)

अर्थ : किसी व्यक्ति के गुण-अवगुण प्रारंभ से ही दिखने लगते हैं।

पूत सपूत, तौ का धन संचय, पूत कपूत, तौ का धन संचय (771)

अर्थ : इस लोकोक्ति का अर्थ है कि यदि पुत्र अच्छा है तो उसके लिए धन एकत्र करने की आवश्यकता नहीं है, वह स्वयं ही कमा-ख्रा लेगा और सुखी रहेगा। यदि वह कुमार्गी है, तो भी उसके लिए धन एकत्र करने की आवश्यकता नहीं है, क्योंकि वह धन को बरबाद कर देगा।

फूहड़ जोरुवा, साग में शोरवा (785)

अर्थ : अनगढ़ पत्नी साग में पानी डालती है। अर्थात् बेशऊर पत्नी अच्छे व्यंजन नहीं बना सकती है।

बच्चे की माँ, बूढ़े की जोरु, सलामत रहें (787)

अर्थ : इस लोकोक्ति में यह शुभेच्छा व्यक्त की गई है कि बच्चे की माँ और बूढ़े व्यक्ति की पत्नी जिंदा रहें।

बड़ी मयानी पितिया सास, कंडा लै के पोछैं आस (791)

अर्थ : इस मुहावरे का शाब्दिक अर्थ कि बहुत प्यार दिखाने के लिए चचिया सास कंडे द्वारा आँसू पोछने लगीं। भावार्थ यह है कि भलाई करते समय भी ईर्ष्यालु व्यक्ति कष्ट देता है। इसी तरह की स्थिति में इस मुहावरे का प्रयोग किया जाता है।

ब्याह नहीं किया, बरातें तो देखी हैं (812)

अर्थ : स्वयं का अनुभव नहीं, पर किसी बात के बारे में जानकारी होना।

ब्याह पीछे बड़हार, ईद पीछे टर (813)

अर्थ : जिस तरह ब्याह के समारोह में बड़हार अंतिम भोज होता है, उसी तरह ईद के त्योहार में टर का मेला समापन समारोह होता है।

ब्याही बेटी पड़ोसन बराबर (814)

अर्थ : शादी हो जाने के बाद बेटी पराई हो जाती है, वह पड़ोसन के समान हो जाती है।

बाँटा पूत, पड़ोसी बराबर (824)

अर्थ : जब पुत्र परिवार से अलग हो जाए, तो वह पड़ोसी के बराबर हो जाता है, अर्थात् पुत्र से आत्मीयता कम हो जाती है।

बाढैं पूत, पिता के धर्मा, खेती उपजै अपने कर्मा (827)

अर्थ : पुत्र की उन्नति पिता के सद्‌गुणों पर आधारित है, जबकि खेती की उपज स्वयं के कार्यों पर आधारित है। इस लोकोक्ति का आशय है कि पिता द्वारा दिए गए अच्छे संस्कार ही पुत्र को सफलता प्रदान करते हैं, जबकि खेती करने के लिए स्वयं परिश्रम करना होता है।

बाप कमाए, बेटा उड़ाए (834)

अर्थ : पिता परिश्रम से कमाए, पर बेटा इस धन को फिजूलखर्ची में उड़ाए। समकक्ष, 'बाप बनिया, पूत नवाब'।

बाप न मारी फुदकी, बेटा तीरंदाज (835)

अर्थ : पिता ने कोई छोटा काम भी पूरा नहीं किया, पर बेटा बड़े काम करने का दम भरता है।

बाप पूत बराती, माई धिया गौनहर (836)

अर्थ : बिना अन्य लोगों को सम्मिलित किए हुए केवल कुछ लोगों को लेकर बड़ा आयोजन करना हास्यास्पद लगता है। इस मुहावरे का उपयोग ऐसी स्थितियों में किया जाता है।

बाप बड़ा ना भैया, सबसे बड़ा रुपैया (837)

अर्थ : बाप और भाई से ज्यादा भरोसेमंद रुपया होता है।

बाप बनिया, पूत नवाब (838)

अर्थ : पिता कंजूस, पर बेटा शाह खर्च।

बाप से बैर, पूत से प्यार/जड़ से बैर, पत्तों से यारी (839)

अर्थ : मुख्य कर्ता से असहमति दिखाना, पर गौण कार्यकर्ताओं से मेल-जोल बढ़ाना। समकक्ष, 'गुड़ खाएँ, गुलगुला से परहेज', उल्टे भाव में।

बापै पूत, परापत घोड़ा, बहुत नहीं तो थोरै थोरा (840)

अर्थ : पुत्र में बाप से बहुत नहीं तो थोड़ी-थोड़ी समानता अवश्य रहती है। इसी तरह प्राप्त घोड़ा मालिक से थोड़ा-बहुत अवश्य हिलमिल जाता है।

बिना रोए माँ भी बच्चे को दूध नहीं देती (855)

अर्थ : बिना माँगे, अपने आप कुछ नहीं मिलता है।

बीवी नेकबख्त, छटाक दाल दो वख्त (869)

अर्थ : कम खाने की सामग्री में भी सुगृहिणी कुशलतापूर्वक घर चलाती है।

बुड्ढे बाप या पुराने कपड़े से शरमाना नहीं चाहिए (870)

अर्थ : इस लोकोक्ति द्वारा यह बताया गया है कि पुराने कपड़ों या बूढ़े बाप से शरमाना नहीं चाहिए।

बुरा बेटा और खोटा सिक्का भी वक्त पर काम आता है (872)

अर्थ : जब जरूरत होती है तो बेटा बुरा ही सही, काम आता है, इसी तरह खोटा सिक्का भी काम आ जाता है।

बूड़ा बंस कबीर का, उपजा पूत कमाल (876)

अर्थ : कबीरपंथ की परिपाटी उन्हीं के साथ समाप्त हो गई, क्योंकि पुत्र कमाल ने उनका अनुसरण नहीं किया। ऐसी सापेक्ष परिस्थितियों में इस मुहावरे का प्रयोग किया जाता है।

भत्यवान ओनई है (890)

अर्थ : बहुत गहमा–गहमी होना। भत्यवान विवाह के एक दिन पहले की रस्म होती है, जिसमें भावी वर/वधू के ननिहाल के लोग भी सम्मिलित होते हैं, अतः गहमा–गहमी रहती है।

भाई जैसा दोस्त नहीं, भाई जैसा दुश्मन नहीं (897)

अर्थ : इस लोकोक्ति का अर्थ है कि भाई बहुत अच्छा दोस्त होता है, पर अगर दुश्मनी हो गई तो वह कट्टर दुश्मन भी बन सकता है ।

मत कर सास बुराई, तेरे आगे आई। मत कर नंद बुराई, तू भी किसी की भौजाई।। (909)

अर्थ : सास की बुराई मत कर, क्योंकि तू भी सास बनेगी। इसी तरह नंद तू भी भाभी की बुराई मत कर, क्योंकि तू भी किसी की भौजाई है। इस लोकोक्ति द्वारा यही सीख दी गई है।

माँ का पेट कुम्हार का आवाँ, कोई काला कोई गोरा (929)

अर्थ : माँ का पेट कुम्हार के आवें जैसा है, जिससे बरतन काले-गोरे रंग के मिलते हैं। अर्थात् इनसान का काले-गोरे होना माँ की देन है।

माँ फकीरनी, पूत फतेह खान (940)

अर्थ : माँ गरीब है, पर बेटा अपने आप को अमीर कहता फिरता है।

माँ मारे तो भी माँ ही माँ पुकारे (941)

अर्थ : माँ बच्चे को मारती है तो भी बच्चा माँ को ही पुकारता है। अर्थात् माँ का प्यार बहुत मजबूत होता है।

मियाँ कमाए, बीवी उड़ाए (950)

अर्थ : आदमी कमाता है और उसकी पत्नी फिजूलखर्ची करती है।

मियाँ घर नहीं, बीवी को डर नहीं (951)

अर्थ : पति के घर में न होने से पत्नी भयमुक्त हो जाती है।

मियाँ-बीवी दो जने, किसके लिए जौ जने (952)

अर्थ : घर में सिर्फ पति-पत्नी ही हैं तो किसके लिए व्यंजन (जौ का नाश्ता) बनाएँ।

मियाँ-बीवी राजी, तो क्या करेगा काजी (953)

अर्थ : यदि दो व्यक्ति किसी बात के लिए सहमत हैं, तो निर्णय करनेवाला व्यक्ति कुछ नहीं कर सकता है।

मेहर मंस कै कौन लड़ाई, फरिका खोलौ भीतर आई (994)

अर्थ : इस लोकोक्ति द्वारा यह समझाया गया है कि पति-पत्नी में कैसी लड़ाई, अब दरवाजा खोलो, ताकि मैं भीतर आ सकूँ। अर्थात् पति-पत्नी की लड़ाई अस्थायी होती है।

रत्ती भर नाता, गाड़ी भर आशनाई (1005)

अर्थ : रिश्तेदारी बहुत दूर की, पर अपना स्वार्थ सिद्ध करने के लिए अत्यधिक लगाव दिखाना।

शरम की बहू, नित भूखी मरै (1082)

अर्थ : शर्म करनेवाला व्यक्ति भूखा रह जाता है।

सकरे मा समधियान (1087)

अर्थ : थोड़ी जगह में बहुत वस्तुओं का समावेश करना; घुसकर अपने लिए जगह बनाना।

सारी खुदाई एक तरफ, जोरू का भाई एक तरफ (1124)

अर्थ : साला (पत्नी का भाई) सारी दुनिया से ज्यादा प्रिय है।

सास गई गाँव, बहू कहे मैं क्या-क्या खाँव (1128)

अर्थ : सास किसी कार्यवश गाँव गई तो बहू को पूरी आजादी मिल गई।

सास-बहू की लड़ाई, पड़ोसन करे हाथापाई (1129)

अर्थ : सास-बहू की आपसी लड़ाई में पड़ोसन व्यर्थ ही हाथापाई करने लगती है। अर्थात् दूसरे की समस्या लेकर व्यर्थ में उलझ जाना।

सुघड़ी की बिटिया भली, कुघड़ी का पूत न भला (1137)

अर्थ : अच्छे समय में पैदा हुई पुत्री, बुरी साइत में पैदा हुए पुत्र से भली है। अर्थात् कपूत से सुपुत्री अच्छी है।

सेंत का धन, मौसिया कै सराध (1144)

अर्थ : मुफ्त के धन से अनावश्यक कार्य करना। मुफ्त के पैसे उड़ाना। समकक्ष, उर्दू में, 'माले मुफ्त, दिले बेरहम'।

सैंया भये कोतवाल, अब डर काहे का (1146)

अर्थ : जब अपना ही नजदीकी ओहदेदार हो जाय, तो फिर किस बात का डर।

सौ दिन सास के तो एक दिन बहू का (1153)

अर्थ : सास बहू पर सदैव हावी रहती है, पर कभी बहू का समय भी आता है (विशेष रूप से दीर्घायु होने पर)।

त्रिया चरित्र जाने नहिं कोई, खसम मारि के सत्ती होई (1189)

अर्थ : शाब्दिक अर्थ है कि कोई स्त्री पति की हत्या करने के बाद उसी के साथ सती हो जाती है। इस विरोधाभासी घटना के कारण स्त्री के विचार जान पाना कठिन है। अर्थात् स्त्रियों के मन की बात जानना दुरूह है। यह पुरानी विचारधारा है, जिससे लेखक सहमत नहीं है।

□

शरीर के अंगों से संबंधित मुहावरे

मनुष्य का शरीर बाह्य और आंतरिक अंगों से बना है। बाह्य अंगों में दिल, दिमाग (मस्तिष्क), पेट, आँत, कलेजा आदि आते हैं। बाह्य अंगों को ज्ञानेंद्रियों और कर्मेंद्रियों के आधार पर दस भागों में बाँटा गया है। आँख, कान, नाक, जीभ एवं त्वचा ज्ञानेंद्रियाँ कहलाती हैं, जिनसे क्रमश: देखना, सुनना, गंध, स्वाद और स्पर्श का ज्ञान होता है। मुँह, हाथ, पैर, मलद्वार एवं जननांग कर्मेंद्रियाँ कहलाती हैं। शरीर के अंगों से संबंधित मुहावरे इन्हीं अंगों की क्षमता अथवा अक्षमता के आधार पर बने हैं। आँख, कान, नाक के मुहावरे सर्वाधिक प्रचलित हैं। कर्मेंद्रियों पर आधारित कुछ मुहावरे ग्रामीण परिवेश की बोलचाल की भाषा में यद्यपि अधिक प्रचलित हैं, पर मर्यादा-सीमा के परे होने के कारण उन्हें संकलित नहीं किया गया है। इस अध्याय में भी संकलित मुहावरों एवं लोकोक्तियों का आधार अक्षरानुसार ही है।

अंगद का पैर होना (10)

अर्थ : यह मुहावरा रामायण के अंगद पात्र पर आधारित है, जो रावण की सभा में पैर अड़ाकर बैठ गए थे और उसे सभी राक्षस मिलकर भी नहीं उठा सके। अर्थात् किसी बात को लेकर अड़ जाना। इस संबंध में 'धर्मयुग' में प्रकाशित एक अत्यंत रोचक, पर सारगर्भित कविता की दो पंक्तियाँ इस प्रकार हैं—'लंका में पदोन्नति न हो सकी, क्योंकि पद अंगद का था और उठानेवाले सब राक्षस थे'।

अँधरा बाँटै रेवड़ी, अपनों को ही देय (20)

अर्थ : अंधा व्यक्ति अपने को ही रेवड़ी बाँटता है, अर्थात् जब कोई व्यक्ति अपनों में ही अच्छी वस्तु बाँटता है, तो इस मुहावरे का प्रयोग किया जाता है।

अँधरे के आगे रोवै, आपन दीदा खोवै (21)

अर्थ : किसी असंवेदनशील व्यक्ति को अपना दुःख बताने पर सहानुभूति नहीं मिलती है।

अंधा क्या जाने लाले की बहार (22)

अर्थ : अंधे व्यक्ति को लालारुख (ट्यूलिप) के फूलों की बहार का क्या पता। अर्थात् जो व्यक्ति महसूस नहीं कर सकता हो, उसके लिए किसी भी अच्छी वस्तु का प्रदर्शन व्यर्थ है।

अंधे का रात-दिन बराबर (24)

अर्थ : किसी विशेष विचारधारावाले व्यक्ति के लिए विपक्ष की बात नहीं सूझती है।

अंधे की लकड़ी (25)

अर्थ : बेसहारा का सहारा बनना।

अंधे को अंधा क्या रास्ता बताएगा (27)

अर्थ : एक अशिक्षित व्यक्ति दूसरे अशिक्षित व्यक्ति को क्या सिखाएगा।

अंधे को क्या चाहिए, दो आँखें (28)

अर्थ : किसी बहुमूल्य इच्छा की पूर्ति होना।

अंधों में काना राजा (30)

अर्थ : अशिक्षित व्यक्तियों के बीच में कुछ पढ़ा-लिखा व्यक्ति ही सबसे महत्त्वपूर्ण होता है।

अपना तन तो पहले ढको, फिर दूसरों को नंगा कहो (35)

अर्थ : दूसरों की आलोचना करने से पहले स्वयं को देखना चाहिए।

अपना हाथ जगन्नाथ (अपना तोशा, अपना भरोसा) (37)

अर्थ : स्वयं पर भरोसा करना चाहिए। कोष्ठक में दिए गए समकक्ष मुहावरे का अर्थ है कि यदि अपने पास भोजन है तो भरोसा है।

अपने मुँह मियाँ मिट्ठू बनना (50)

अर्थ : अपने मुँह से अपनी बड़ाई करना।

अल्लाह का दिया सिर पर (57)

अर्थ : ईश्वर का दिया हुआ पूरी तरह स्वीकार है।

आँख ओट, पहाड़ ओट (60)

अर्थ : आँख से दूर होते ही पहाड़ जैसी दूरी बना लेना। अर्थात् जब तक सामने रहे, तब तक संबंध दिखाना, दूर जाते ही सबकुछ भूल जाना।

आँख का तारा (61)

अर्थ : अत्यंत प्रिय होना, लाड़ला होना।

आँख का पानी मरना (62)

अर्थ : इज्जत खोना, इज्जत न होना।

आँख की किरकिरी (63)

अर्थ : लगातार दुःख देनेवाली समस्या।

आँख के अंधे, गाँठ के पूरे (64)

अर्थ : बहुत पढ़े-लिखे या विवेकशील न होने के बावजूद धन-दौलत से मजबूत व्यक्ति पर इस मुहावरे का प्रयोग किया जाता है।

आँख के अंधे, नाम नयनसुख (65)

अर्थ : किसी व्यक्ति में वह विशेषता न होना, जिसके लिए वह प्रसिद्ध है। जैसे किसी पुराने नवाब साहब के यहाँ धन-दौलत का न होना।

आँख के आगे नाक, सूझै क्या खाक (66)

अर्थ : वास्तविकता (आँख) के पहले इज्जत (नाक) देखनी होती है, इसलिए वास्तविकता न दिखाई देगी। अर्थात् घर की इज्जत बचाने के लिए गलत बात पर ध्यान नहीं दिया जाता।

आँख चुराना (67)

अर्थ : शर्म करना। जैसे 'परीक्षा में अच्छे अंक न लाने से वह आँख चुराए घूम रहे हैं'।

आँख चूकी, माल गायब (आँख बची और माल यारों का) (68)

अर्थ : निगाह हटते ही सामान चोरी हो जाना। मुहावरे का प्रयोग दूसरी तरह भी किया जाता है।

आँख टेढ़ी करना (69)

अर्थ : क्रोध प्रदर्शित करना, गुस्सा करना।

आँख दिखाना (70)

अर्थ : डराना। जैसे 'शरारतें रोकने के लिए आँख दिखाना ही काफी है, प्रताड़ित करने की आवश्यकता नहीं है'।

आँख न दीदा, काढ़ैं कसीदा (71)

अर्थ : उस विशेषज्ञता का न होना, जिसका कोई दावा करता है।

आँख नहीं जिसकी, साख नहीं उसकी (72)

अर्थ : जिसकी कोई इज्जत नहीं, उसका क्या भरोसा।

आँख भर आना (73)

अर्थ : दुःख से रुआँसे हो जाना। जैसे 'दूसरे का दुःख देखकर उसकी आँख भर आई'।

आँख मिचौली खेलना (74)

अर्थ : इस मुहावरे का शाब्दिक अर्थ है, छुपने और खोजने का खेल खेलना। किसी कार्य में घिर जाने पर निकल भागना। समकक्ष, 'तुम डाल-डाल, हम पात-पात'।

आँख मिलाना (75)

अर्थ : सामना करना। जैसे 'वह अपने कुकृत्यों के कारण मुझसे आँख नहीं मिला सकते'।

आँख से ओझल होना (76)

अर्थ : दूर चले जाना।

आँखी एकौ नहीं, कजरौटा नौ-नौ (77)

अर्थ : मुख्य सामग्री नहीं है, पर बहुत सी सहायक सामग्री एकत्र कर लेना।

आँखें फटी रह जाना (78)

अर्थ : विस्मय का बोध होना। जैसे 'बुलंद दरवाजे को देखकर उसकी आँखें फटी रह गईं'।

आँखें फाड़-फाड़कर देखना (79)

अर्थ : अत्यंत उत्सुकता से देखना। जैसे 'ऐसे कौन से गहने पहनें हैं, जो आँखें फाड़-फाड़ के देख रहे हो'।

आँखें लाल करना (80)

अर्थ : क्रोध प्रदर्शित करना और डराना।

आँखें हुईं ओट, दिल में आई खोट (81)

अर्थ : आँखों की सुरक्षा से बाहर होते ही किसी वस्तु को पाने का का कुविचार आना।

आँखे हुईं चार, दिल में आया प्यार (82)

अर्थ : आँखें मिलते ही प्यार हो जाना।

आँखों देखा जाने दे, भलेमानुस का कहा मान ले (83)

अर्थ : जो आँखों से देखा है, उसे भूल जा और शुभचिंतक का कहना मान ले।

आँखों से सुरमा चुराना (85)

अर्थ : सबके सामने किसी वस्तु की बेहद चालाकी से चोरी करना।

आग खाए मुँह जले, उधार खाए पेट जले (89)

अर्थ : इस मुहावरे का शाब्दिक अर्थ है कि आग खाने से मुँह जलता है, पर उधार लेने से कभी तृप्ति नहीं होती। अर्थात् उधार (कर्ज) लेनेवाला व्यक्ति कभी सुखी नहीं रहता।

आँत भारी, तो माथ भारी (103)

अर्थ : यदि पेट में भारीपन हो तो सिर में दर्द होता है।

आधी रात का खोंखी आवै, संझैनै से मुँह बावै (आधी रात जंभाई आवै, शाम से मुँह फैलावे) (115)

अर्थ : किसी घटना या दुर्घटना की मिथ्या आशंका से बहुत पहले से तैयारी करना। मुहावरे को दूसरी तरह से भी कहा जाता है।

इसकी टोपी, उसके सिर (147)

अर्थ : एक का काम दूसरे को देना।

इस हाथ दे, उस हाथ ले (149)

अर्थ : जैसा करना, वैसा पाना। समकक्ष, 'जैसी करनी, वैसी भरनी'।

उठते जूती, बैठते लात (156)

अर्थ : अत्यधिक प्रताड़णा की स्थिति में रहना।

उसकी जूती, उसी का सिर (164)

अर्थ : उसी की कारगुजारी, उसी के सिर पर पड़ना।

एक हाथ से ताली नहीं बजती (204)

अर्थ : अपराधी के साथ उसका सहयोगी रहता ही है। किसी लड़ाई में दोनों पक्ष की कुछ-न-कुछ गलती रहती ही है।

एड़ी-चोटी का जोर लगाना (207)

अर्थ : किसी कार्य को करने के लिए पूरी शक्ति लगा देना, अथक परिश्रम करना।

एड़ी रगड़ना (208)

अर्थ : किसी काम के लिए बहुत भाग-दौड़ करना।

औंधी खोपड़ी, उल्टी मत (210)

अर्थ : अशिक्षित दिमाग से उल्टी विचारधारा ही प्रवाहित होती है।

कंधा देना (215)

अर्थ : जिम्मेदारी उठाने में सहयोग करना, विशेष रूप से शव यात्रा में।

कंधे पर बोझ आना (216)

अर्थ : जिम्मेदारी उठाना, जैसे 'लड़के को कॉलेज भेजना उनके लिए कंधे पर नया बोझ था'।

कमर कसना (227)

अर्थ : किसी कार्य को करने का दृढ निश्चय करना।

करे कोई, माथे जाए किसके (238)

अर्थ : करनेवाला व्यक्ति कोई और होता है, पर बुरे काम की जिम्मेदारी किसी और के मत्थे पड़ती है।

कलेजे का टुकड़ा (240)

अर्थ : बहुत प्यारा होना। समकक्ष, 'आँख का तारा'।

कान के कच्चे (256)

अर्थ : दूसरों की बात सुनकर तुरंत विश्वास कर लेना। चुगली पर ध्यान देना।

कान पकना (257)

अर्थ : किसी बात के बार-बार सुनने पर ऊबना, जैसे 'यह बात सुन-सुनकर कान पक गए'।

कान पड़ी, काम आती है (258)

अर्थ : कोई अच्छी सुनी हुई बात कभी काम आती है।

कान पर जूँ न रेंगना (259)

अर्थ : किसी बात पर ध्यान न देना, जैसे 'बार-बार अस्पताल ले जाने के लिए कहने पर भी उनके कान पर जूँ न रेंगी'।

कान में तेल डालकर बैठना (260)

अर्थ : किसी बात पर जान-बूझकर ध्यान न देना।

काना होय, कोंच जाय (261)

अर्थ : कुछ गलत काम करने के बाद पूछ-ताछ करने पर सबसे पहले प्रतिक्रिया देना या नकारना। (समकक्ष : चोर की दाढ़ी में तिनका)।

किसी का मुँह चले, किसी का हाथ (275)

अर्थ : कोई गाली-गलौज करता है तो कोई मार-पिटाई।

खाना पराया है, पेट तो अपना (309)

अर्थ : अपना पेट देखकर ही दूसरों के यहाँ अधिक भोजन करना चाहिए। समकक्ष विलोम, संस्कृत में, 'परान्नम दुर्लभम लोके, शरीराणि पुनः पुनः'।

खाए के गाल, नहाए के बाल छुपाए नहीं छुपते (317)

अर्थ : अच्छा खाए हुए व्यक्ति के गाल और नहाए हुए व्यक्ति के बाल नहीं छुपाए जा सकते।

खुदा (ईश्वर) गंजे को नाखून नहीं देता है (328)

अर्थ : एक समस्या हो जाने पर ईश्वर दूसरी समस्या नहीं देता है।

खून का बदला खून (333)

अर्थ : खून के बदले में खून ही मिलता है, खून करने से कुछ नहीं हासिल होता। खून-खराबा व्यर्थ है।

खून के आँसू रोना/रुलाना (334)

अर्थ : अत्यंत कष्ट में रहना/अत्यंत कष्ट देना।

खून सफेद होना (335)

अर्थ : एहसान न मानना।

खून सिर चढ़कर बोलता है (336)

अर्थ : खून छिपाया नहीं जा सकता, उसके कोई-न-कोई साक्ष्य रह ही जाते हैं।

गरदन फँसना (353)

अर्थ : किसी समस्या में फँस जाना। जैसे 'यह काम करने में उनकी गरदन फँस रही थी'।

घुटने टेकना (400)

अर्थ : हार मान लेना।

चमड़ी जाए, पर दमड़ी न जाए (414)

अर्थ : कष्ट झेलना, पर पैसे न खर्च करना। किसी कंजूस व्यक्ति के लिए भी इस मुहावरे का प्रयोग किया जाता है।

चमड़े की जबान फिसलती है (415)

अर्थ : कभी जबान से गलत बात निकल जाती है।

चार हाथ-पैर तो सबके हैं (427)

अर्थ : हर आदमी इन्हीं हाथ-पैर से बड़े-बड़े काम करता है, कोई विशिष्ट बात नहीं है।

चाहे यह जाँघ खोलो, चाहे वह, लाज अपनी ही जाएगी (430)

अर्थ : घर के किसी भी सदस्य के बारे में खराब बात बताने से अपनी ही इज्जत कम होती है।

चिकने मुँह को सब चूमते हैं (432)

अर्थ : सुंदरता सभी को प्रिय लगती है।

चोर की दाढ़ी में तिनका (449)

अर्थ : इस मुहावरे के पीछे की कहानी में चोर का पता लगाने के लिए कहा गया कि जिसकी दाढ़ी में तिनका होगा, वही चोर है। संदिग्ध व्यक्तियों में से चोर ने अपनी दाढ़ी साफ करने की कोशिश की, जिससे उसका पता चल गया। अर्थात् गलत काम करनेवाला व्यक्ति अपनी गलती को छिपाने का सदैव प्रयास करता है। समकक्ष, 'काना होय कोंच जाय'।

छाती के पीपर होना (461)

अर्थ : कष्ट के कारक का बने रहना।

छाती पर मूँग दलना (462)

अर्थ : बराबर कष्ट पहुँचाते रहना।

छाती पर रखकर कोई नहीं ले जाता (463)

अर्थ : मृत्यु के बाद कोई संपत्ति नहीं ले जाता, सबकुछ यहीं रह जाता है।

छोटे मुँह बड़ी बात (465)

अर्थ : किसी कम सक्षम व्यक्ति द्वारा बड़ी योजना का प्रस्ताव करना।

जब तक साँस, तब तक आस (472)

अर्थ : जब तक आदमी जिंदा है, उससे सारी आशाएँ की जाती हैं। जीवित होने का प्रमाण साँस है।

जबान कैंची की तरह चलना (476)

अर्थ : व्यर्थ दलीलें पेश करना, बातूनी होना।

जबान खाली जाना (477)

अर्थ : वादा न निभाना।

जबान ही हाथी चढ़ावै, जबान ही सर कटावै (478)

अर्थ : बानी बोली से पदोन्नति मिल सकती है और कुवचन बोलने से सजा भी मिल सकती है।

जहँ जहँ चरन परैं संतन के, तहँ तहँ बँटाधार (490)

अर्थ : किसी के सम्मिलित होते ही वह काम बिगड़ जाए, तो ऐसी स्थिति में इस मुहावरे का उपयोग किया जाता है।

जाके पैर ना जाय बेवाई, वह क्या जानै पीर पराई (499)

अर्थ : जब तक स्वयं को कष्ट नहीं होता है, वह व्यक्ति दूसरे का कष्ट नहीं समझ सकता है।

जादू सिर पर चढ़कर बोलता है (504)

अर्थ : किसी बात का जुनून दिमाग पर हावी हो जाता है। जैसे 'स्वतंत्रता संग्राम के समय महात्मा गांधी का जादू सिर पर चढ़कर बोलता था'।

जान हथेली पर लेकर चलना (507)

अर्थ : मौत से निडर होकर चलना।

जितनी चादर देखे, उतने पाँव फैलाए (516)

अर्थ : आमदनी के हिसाब से ही खर्च करना चाहिए।

जितने मुँह, उतनी बातें (517)

अर्थ : किसी घटना की विवेचना हर आदमी अपने हिसाब से करता है। जैसे 'बस और ट्रक भिड़ंत के बारे में जितने मुँह उतनी बातें हो रही हैं'।

जीभ लंबी होना (531)
अर्थ : विभिन्न स्वाद का शौकीन होना, चटोरी होना।

जुबान कड़वी होना (535)
अर्थ : कुवचन बोलना।

जुबान मीठी (शीरीं) होना (536)
अर्थ : प्यार से बोलना, विनम्रता से बोलना। दूसरा भाग इस तरह प्रयोग करते हैं, 'उर्दू बड़ी शीरीं जुबान है'।

जूता लात खाएँ, तमासा घुस-घुस देखैं (537)
अर्थ : कुछ लोगों को दूसरों के मामलों में दखल देना अच्छा लगता है, चाहे खुद की फजीहत क्यों न हो।

जैसा मुँह, वैसा थप्पड़ (542)
अर्थ : हैसियत देखकर सजा देना।

जो सिर उठा के चलेगा, वही ठोकर खाएगा (556)
अर्थ : जो अकड़ में रहता है, अकसर उसे ही ठोकर लगती है।

टूटी बाँह गले पड़ती है (566)
अर्थ : अपंग व्यक्ति की सेवा-सुश्रुषा करनी ही पड़ती है।

तलवे चाटना/सहलाना (589)
अर्थ : खुशामद करना, विनती करना, गिड़गिड़ाना ।

ताली दो हाथ से बजती है (592)
अर्थ : किसी कार्य को करने के लिए सहयोगी की आवश्यकता पड़ती है।

दमड़ी की बुढ़िया, टका सिर मुँडाई (613)
अर्थ : मुख्य कार्य में जितना खर्च नहीं हुआ, उससे ज्यादा संबंधित छोटे कार्यों में खर्चा होना।

दाई से पेट नहीं छुपता (618)

अर्थ : गुप्त बातें पारखी की निगाहों से नहीं छुपतीं।

दाँत काटी रोटी (619)

अर्थ : प्रगाढ़ मित्रता होना। जैसे 'अलगू चौधरी और जुम्मन शेख में दाँत काटी रोटी थी'।

दाँत खट्टे करना (620)

अर्थ : लड़ाई में हराना।

दाँत दिखाना (621)

अर्थ : डराना।

दाँत पीसना (622)

अर्थ : क्रोधित होना।

दाँता किलकिल (623)

अर्थ : लड़ाई-झगड़ा करना। जैसे 'घर के दो परिवारों के बीच रोज की दाँता किलकिल से वह परेशान हो गया था'।

दाता दे, भंडारी का पेट फूलै/छाती फाटै (624)

अर्थ : देनेवाला दे रहा है तो दूसरों को जलन क्यों। समकक्ष, 'तेली का तेल जलै, मशालची का दिल जलै'।

दिया हाथ, तो खाने लगा साथ (640)

अर्थ : सहारा मिलने के बाद वह साथ खाने की हिम्मत जुटाने लगा। समकक्ष, 'हाथ पकड़कर पहुँचा पकड़ना'।

दिल का रास्ता पेट से जाता है (641)

अर्थ : व्यक्ति का मन जीतने के लिए स्वादिष्ट भोजन पहला कदम है।

दीवारों के भी कान होते हैं (645)

अर्थ : गुप्त बात कहने से फैल जाती है। अतिशय सतर्कता बरतना।

धूप में बाल सफेद न होना (670)

अर्थ : सालों के अनुभव के बाद ही बाल सफेद होते हैं। दीर्घ अनुभव होना। जैसे 'इस बात की मुझे पूरी जानकारी है, मैंने धूप में बाल सफेद नहीं किए हैं'।

नकटा कै नाक कटै, अढ़ाई बीता रोज बाढ़ै (676)

अर्थ : जिस व्यक्ति को अपनी इज्जत की फिक्र नहीं है, उसे रोज बेइज्जत होने पर भी कोई फर्क नहीं पड़ता।

नाक ऊँची/नीची होना (702)

अर्थ : इज्जत बढ़ना या घटना।

नाक के बाल होना (703)

अर्थ : किसी का चहेता/प्रिय होना।

नाक चढ़ाना (नकचढ़ा/ नकचढ़ी) (704)

अर्थ : अपने अहं को प्रदर्शित करना, अपने को दूसरे से बेहतर समझना। इस मुहावरे के दूसरे भाग को भी प्रयोग किया जाता है।

नाक पर मक्खी न बैठने देना (705)

अर्थ : आत्मसम्मान से समझौता न करना।

नाक-भौं सिकोड़ना (706)

अर्थ : अप्रिय लगने का प्रदर्शन करना, गुण-दोष निकालना। समकक्ष, 'मीन मेख निकालना'।

नाड़ी से रोग मिलता है (708)

अर्थ : नाड़ी के देखने से रोग का पता चलता है।

पलक पाँवड़े बिछाना (754)

अर्थ : हार्दिक स्वागत करना।

पलकें भीगना (755)

अर्थ : विदाई के समय के आँसू।

पलकों पर बिठाना (756)

अर्थ : अत्यधिक सम्मान देना।

पाँचों उँगलियाँ बराबर नहीं होतीं (759)

अर्थ : परिवार या समाज में सभी लोग बराबर हैसियत के नहीं होते।

पाँचों उँगली घी में होना (760)

अर्थ : अत्यधिक सुख में होना। जैसे 'आजकल उनकी पाँचों उँगलियाँ घी में हैं'। समकक्ष, 'चाँदी काटना'।

पीठ पेट एक होना (766)

अर्थ : शारीरिक रूप से बहुत कमजोर होना।

पेट पर लात मारना (773)

अर्थ : आजीविका पर प्रहार करना। जैसे 'पीठ पर लात मार लेव, पर पेट पर लात न मारौ'।

पेट भारी होना (774)

अर्थ : गर्भवती होना।

पेट में गवा चारा, कूदै लाग बेचारा (775)

अर्थ : खाना मिलने के बाद बच्चे उछल-कूद करते हैं। बड़े भी जब ऐसा करते है, तो इस मुहावरे का प्रयोग किया जाता है।

बड़ा दुलार, आँखी मा अंगुरी (790)
अर्थ : प्यार दिखाने के लिए अज्ञानतावश आँख में उँगली डालना।

बड़े बोल का सिर नीचा (794)
अर्थ : डींग हाँकनेवाले की पोल अंततः खुल ही जाती है।

बत्तीस जबान का भाखा, खाली नहीं जाता (798)
अर्थ : बहुत सारे लोगों की जबान से कही हुई बात (लोकमत) खाली नहीं जाती है।

बत्तीस दाँतों के बीच जीभ (799)
अर्थ : अत्यधिक बंधनों के बीच रहना।

बँधी मुट्ठी लाख बराबर (808)
अर्थ : शाब्दिक अर्थ यह है कि जब तक मुट्ठी बंद है, उसके अंदर सौ है या लाख है, यह अनुमान का विषय है। मुट्ठी खुल जाने पर कितना है, स्पष्ट हो जाता है। अर्थात् जब तक इज्जत ढकी रहती है, समाज में व्यक्ति आदरणीय है। यही बात संपत्ति या ओहदे के विषय में भी कही जा सकती है।

बाल काटने से मुर्दा हलका नहीं होता (845)
अर्थ : किसी छोटी समस्या का समाधान करने पर भी बड़ी समस्या वैसी ही बनी रहती है।

बाल की खाल निकालना (846)
अर्थ : सूक्ष्मता से विवेचना करना।

बाल नोचना (847)
अर्थ : बहुत परेशान होना।

बिना हाथ-पैर हिलाए, मुँह में कौर नहीं जाता (857)
अर्थ : बिना परिश्रम किए भोजन नहीं मिलता।

बे सिर-पैर की बात करना (885)
अर्थ : अनर्गल वार्त्तालाप करना।

मन भर का सिर हिलाते हैं, तोले भर की जबान नहीं हिलाते (913)
अर्थ : (झूठी शान में) इशारे से बताते हैं, मुँह से क्यों नहीं बता सकते।

मन मन भावै, मूड़ हिलावै (914)
अर्थ : मन-ही-मन पसंद करना, पर बहरी तौर पर नापसंदगी जाहिर करना।

मन में बसी, सीने में धँसी (917)
अर्थ : यदि कोई किसी को पसंद करता है, तो वह दिल में रहने लग जाता है।

माथा ठनकना (935)
अर्थ : एकाएक किसी बात का दिमाग में आना।

माथे पर बल पड़ना (936)
अर्थ : किसी बात को लेकर परेशान होना।

मारते के हाथ पकड़े जाते हैं, बोलते की जबान नहीं पकड़ी जाती (943)
अर्थ : मारते हुए आदमी के हाथ तो पकड़े जा सकते हैं, पर गाली-गलौज करनेवाले व्यक्ति की जबान नहीं पकड़ी जा सकती है।

मारौ घुटना, फूटै आँख (945)
अर्थ : घुटने पर चोट करते समय आँख में लग जाना। अर्थात् काम कहाँ कर रहे हैं, ध्यान कहीं और है। समकक्ष, 'नीम हकीम खतराए जान'।

मुँह फेर लेना (974)
अर्थ : किसी के कार्यकलाप में रुचि न दिखाना या संबंध न रखना।

मुँह बिचकाना (975)

अर्थ : घृणा या अरुचि प्रदर्शित करना।

मुँह-माँगी मुराद (976)

अर्थ : मन की इच्छा अचानक पूरी होना। जैसे 'मकान के प्लॉट की लॉटरी निकलते ही उन्हें मुँह-माँगी मुराद मिल गई'।

मुँह-माँगी मौत भी नहीं मिलती (977)

अर्थ : चाहने से मौत भी नहीं मिलती।

मुँह मा राम, बगल मा छूरी (खाएँ सतुआ बतावैं पूरी) (978)

अर्थ : कपटी व्यक्ति दिखाने के लिए ईश्वर का नाम लेते रहते हैं, पर गला काटने के लिए तत्पर रहते हैं। मुहावरे का दूसरा भाग भी कभी-कभी प्रयोग किया जाता है, जो साम्य दरशाता है, अर्थात् खाते कुछ हैं और बताते कुछ और हैं।

मुँह में दाँत, न पेट में आँत (979)

अर्थ : वृद्ध शरीर। जैसे 'मुँह में दाँत, न पेट में आँत, फिर भी हर चीज खाने के लिए लालायित रहते हैं'।

मुँह में दही जमाना (980)

अर्थ : किसी घटना पर कुछ न बोलना। जैसे 'इतनी बकझक हुई, पर आप मुँह में दही जमाए बैठे रहे'।

मुँह में पानी आना (981)

अर्थ : सुस्वादु भोजन पाने के लिए ललचाना। जैसे 'बरात में तरह-तरह के व्यंजनों को देखकर उनके मुँह में पानी आ गया'।

मुँह लगाए डोमनी, कुनबा लाई साथ (982)

अर्थ : लोकोक्ति का अर्थ है कि निम्न वर्ग की स्त्री से मेल-जोल बढ़ाने पर वह अपने साथ पूरा परिवार लाती है।

मुँह सूई, पेट कुईं (983)

अर्थ : शाब्दिक अर्थ, मुँह बहुत छोटा, पर पेट कुएँ जैसा गहरा। इस मुहावरे का प्रयोग उस व्यक्ति के लिए किया जाता है, जो धीरे-धीरे देर तक अधिक मात्रा में भोजन करता है।

मूँछ ऊँची/नीची होना (985)

अर्थ : इज्जत बढ़ाना या घटाना। समकक्ष, 'नाक ऊँची/नीची होना'।

मैं करूँ तेरी भलाई, तू करे मेरी आँख में सलाई (995)

अर्थ : भलाई के बदले में बुराई मिलना।

राम मिलाई जोड़ी, एक आंधर एक कोढ़ी (1022)

अर्थ : एक-दूसरे का पूरक होना, अंधा व्यक्ति कोढ़ी का कोढ़ नहीं देख पाता और कोढ़ी अपनी आँखों से अंधे की सहायता करता है।

रुपया-पैसा हाथ का मैल है (1030)

अर्थ : धन को हाथ के मैल जैसा समझना चाहिए, अत: खूब खर्च करना चाहिए।

लंका में सब बावन हाथ के (1040)

अर्थ : असुरी प्रवृत्ति के लोगों की जगह में सभी एक से बढ़कर एक होते हैं।

लँगड़े ने चोर पकड़ा, दौड़ो मियाँ अंधे (1043)

अर्थ : एक-दूसरे की सहायता करने से सफलता मिलती है।

लड्डू कहने से मुँह मीठा नहीं होता (1051)

अर्थ : कहने भर से कोई बात नहीं बनती, उसे करना होता है।

लड़ाका के चार कान (1052)

अर्थ : लड़ने-झगड़ने वाला व्यक्ति दूसरों की सुनी-सुनाई बात पर विश्वास करता है।

लहू लगाकर शहीदों में शामिल होना (1059)

अर्थ : प्रसिद्धि पाने के लिए धोखे से अपना नाम शहीदों (जैसे स्वतंत्रता सेनानियों) में शामिल करवा लेना।

लाज आँख में होती है (1062)

अर्थ : शरम आँख से पता चलती है।

लातों के भूत, बातों से नहीं मानते (1064)

अर्थ : जो लोग मार के आदी होते हैं, उन्हें बातों से नहीं मनाया जा सकता है।

सत्तर गज की पगड़ी, सिर नंगा (1091)

अर्थ : बड़ी इज्जतवाले बनते हैं, पर उनके कार्यकलाप उचित नहीं हैं, ऐसी स्थिति में इस मुहावरे का प्रयोग किया जाता है।

सिर का बोझ पाँव पर आता है (1101)

अर्थ : समाज के बड़े लोगों के कार्यों का बोझ अंततः निम्न वर्ग पर ही आता है।

सिर बड़ा सरदार का, गोड़ बड़ा गँवार का (1103)

अर्थ : लोकोक्ति के अनुसार नेता या सरदार का सिर बड़ा होता है, जबकि गाँव में रहनेवाले का पैर बड़ा होता है।

साख गए, पर हाथ न आवै (1108)

अर्थ : यदि व्यापार में एक बार साख (विश्वास) चली गई तो वह दुबारा मिलनी बहुत मुश्किल है।

सावन के अंधे को हरियाली ही सूझती है (1126)

अर्थ : जो अंतिम बार देखा था, वही याद रखना।

सिर ठंडा, पेट नरम, पैर गरम (1131)

अर्थ : इस लोकोक्ति यह बताया गया है कि मनुष्य के स्वस्थ शरीर में सिर ठंडा, पेट नरम तथा पैर गरम रहना चाहिए।

सिर मुँड़ाते, ओले पड़े (1132)

अर्थ : किसी कार्य को प्रारंभ करते ही विघ्न उत्पन्न होने पर इस मुहावरे का प्रयोग किया जाता है।

सिर पर पैर रखकर भागना (1133)

अर्थ : सबकुछ छोड़कर भाग जाना। समकक्ष, उर्दू में, 'पाँव में जूती न सिर पर टोपी'।

सीना चौड़ा करके घूमना (1135)

अर्थ : निर्भय होकर घूमना।

सोने की कटारी पेट में नहीं मारते (1153)

अर्थ : धन से बिना मारे ही काम बनाया जा सकता है।

सोहबत अच्छी, खाए नागर पान। सोहबत बुरी, कटवाए नाक और कान।। (1155)

अर्थ : इस लोकोक्ति का अर्थ है कि अच्छी संगत होने से इज्जत मिलती है, जबकि बुरी संगत से बेइज्जती मिलती है।

हथेली में सरसों उगाना (1163)

अर्थ : किसी कार्य को अनुमानित समय से बहुत पहले ही कर देने की अपेक्षा करना। जैसे 'इस काम को करने में कुछ समय तो लगेगा, हथेली पर सरसों थोड़े उग सकती है'।

हाथ आया, पर मुँह को न लगा (1172)

अर्थ : कोई वस्तु मिल गई, पर उसका उपयोग न हो पाया।

हाथ उठाना (1173)

अर्थ : हाथ से मारना। जैसे 'बच्चों पर हाथ उठाना ठीक नहीं है'।

हाथ कंगन को आरसी क्या, पढ़े-लिखे को फारसी क्या (1174)

अर्थ : जिस तरह हाथ में कंगन को पहनकर देखने के लिए शीशे की जरूरत

नहीं पड़ती है, उसी तरह पढ़े-लिखे व्यक्ति को फारसी आती ही है, उसे अलग से पढ़ने की जरूरत नहीं है (पहले उर्दू और फारसी ही पढ़ाई के मुख्य विषय होते थे और विद्या अध्ययन की भाषा भी उर्दू या फारसी होती थी)।

हाथ कै अर्सई, मोंछा टेढ़ (1175)

अर्थ : इस मुहावरे का शाब्दिक अर्थ है कि हाथ के आलस्य के कारण मूँछें भी सीधी नहीं हो पा रही हैं। विशेष आलस्य की स्थिति को दरशाने के लिए इस मुहावरे का प्रयोग किया जाता है।

हाथ पकड़कर पहुँचा पकड़ना (1176)

अर्थ : एक वस्तु को प्राप्त करने के बाद धीरे-धीरे दूसरी वस्तु को पाने की कुचेष्टा करना।

हाथ-पैर चलाना (1177)

अर्थ : प्रयास करना, चेष्टा करना।

हाथ-पैर फूलना (1178)

अर्थ : डर जाना, किंकर्तव्यविमूढ़ होना। जैसे 'शेर के सामने आते ही उसके हाथ पैर फूल गए'।

हाथ/पैर में मेहँदी लगी है (1179)

अर्थ : हाथ या पैर में मेहँदी लगी होना। अर्थात् इस बहाने काम टालना। जैसे 'क्या हाथ में मेहँदी लगी है, जो खाना नहीं परोस सकते'।

हाथों मेहँदी पैरों मेहँदी, अपने काम औरों को देती (1176)

अर्थ : हाथ-पैर में मेहँदी लगाकर बैठे हैं और अपना काम दूसरों से करवाते हैं। अर्थात् किसी बहाने से अपना काम दूसरों से करवाना।

हींसा लेंय बराबर, गटई कोरमैं टेढ़ (1185)

अर्थ : हिस्सा तो बराबर चाहिए, पर जिम्मेदारी आने पर गरदन फेर लेना।

□

विविध मुहावरे एवं लोकोक्तियाँ

इस अध्याय में शेष मुहावरों को संकलित किया गया है, जो उपरोक्त पाँच अध्याय की श्रेणियों में नहीं आते। ये मुहावरे और लोकोक्तियाँ विविध विषयों से संबंधित हैं, जैसे सामान्य ज्ञान, सामाजिक परिवेश, दर्शन शास्त्र, व्यापार, अमीरी-गरीबी, आग-पानी, लेन-देन, मौसम इत्यादि। संकलन अक्षरानुसार किया गया है तथा कोष्ठक में दिए गए अंक मुहावरों की सारिणी के अंक दरशाते हैं।

अकल के दुश्मन (1)
अर्थ : मूर्खतापूर्ण बात करना।

अकल के पीछे लाठी लेकर घूमना (2)
अर्थ : अक्ल की बात न मानना, सही बात का विरोध करना।

अकलमंद को इशारा काफी है (6)
अर्थ : बुद्धिमान व्यक्ति को इशारा देने भर से बात समझ में आ जाती है।

अकल से पैदल (7)
अर्थ : दिमाग कमजोर होना। जैसे, 'सीधी सी बात उसके समझ में नहीं आ रही है, लगता है, अकल से पैदल है'।

अगले हुए पिछले, पिछले हुए परधान (11)
अर्थ : जो अगले थे, वे पिछड़े गए और जो पिछड़े थे, वे अब प्रधान/प्रमुख हो गए।

अंत भला, सो भला (18)

अर्थ : यदि अंत में सबकुछ ठीक हो जाए तो सब सही है।

अनहोनी होती नहीं, होनी होवनहार (33)

अर्थ : इस लोकोक्ति का अर्थ है कि जो नहीं होनेवाला है, वह नहीं होता है और जो होनेवाला है, वह अवश्य होता है।

अपनी अकल और पराई दौलत ज्यादा मालूम होती है (38)

अर्थ : अपनी बुद्धि और दूसरे का धन हमेशा ज्यादा लगता है।

अपनी अकल और पराई लुगाई ज्यादा अच्छी लगती है (39)

अर्थ : अपनी बुद्धि और दूसरे की औरत ज्यादा अच्छी लगती है।

अपनी करनी, अपनी भरनी (40)

अर्थ : जो जैसा करेगा, उसे वैसा फल मिलेगा।

अपनी करनी, पार उतरनी (41)

अर्थ : अपने करने से ही कार्य पूरा होगा।

अपनी गाँठ न हो पैसा, तो पराए का आसरा कैसा (44)

अर्थ : यदि अपने पास पैसा नहीं है, तो दूसरे से आशा नहीं रखनी चाहिए।

अपनी डफली, अपना राग (46)

अर्थ : अपने-अपने मत या विचार अलग रखना।

अपने किए का क्या इलाज (47)

अर्थ : स्वयं की गलती को कैसे सुधारा जाए। स्वयं की गलती को कोई मानने को तैयार नहीं होता।

अपने मरे स्वर्ग देखना (49)

अर्थ : किसी काम को स्वयं करने से ही उसकी अनुभूति होती है।

अब खाई तो खाई, आगे राम दुहाई (51)

अर्थ : अब तक तो सुना या सहा, आगे नहीं सुनना या सहना।

अब दिल्ली दूर नहीं (52)

अर्थ : किसी कार्य के अंतिम लक्ष्य पर पहुँचना। यह मुहावरा मध्यकालीन लड़ाइयों में एक प्रमुख नारा था।

अमीरी और फकीरी की बू चालीस बरस तक नहीं जाती (55)

अर्थ : इस लोकोक्ति का अर्थ है कि अमीरी और गरीबी की आदतें दो पीढ़ियों तक रहती हैं।

अल्लाह की लाठी में आवाज नहीं (58)

अर्थ : ईश्वर का न्याय चुपचाप होता है।

आग का जला, आग से ही अच्छा होता है (86)

अर्थ : कष्ट मिलने पर कष्ट (प्रयत्न) से ही दुःख दूर होते हैं।

आग के आगे सब भसम है (87)

अर्थ : अत्यंत बलशाली के सामने सब व्यर्थ है।

आग खाएगा, तो अंगारे हगेगा (88)

अर्थ : अगर बुरा काम करेगा, तो उसका फल बुरा ही होगा।

आग लगा के, जमालो दूर खड़ी (91)

अर्थ : किसी काम में बाधा उत्पन्न करके उसको दूर से बिगड़ते हुए देखना।

आगे कुवाँ, पीछे खाई (92)

अर्थ : दो मुसीबतों के बीच फँस जाना।

आगे-पीछे सब चल बसेंगे (94)

अर्थ : आगे-पीछे सभी मृत्यु को प्राप्त हो जाएँगे।

आज का काम, कल पर न टाल (95)

अर्थ : आज का काम आज ही निपटाना चाहिए, उसे कल के लिए नहीं टालना चाहिए। इस संबंध में एक लोकोक्ति भी कही जाती है, 'काल करै सो आज कर, आज करै सो अब। पल में परलय होएगी, बहुरि करैगो कब।।'

आज नगद, कल उधार (97)

अर्थ : किसी सेवा के लिए नकद पैसे लेना, उधार न रखना। जैसे किसी नाई की दुकान के सामने का यह नारा 'बब्बन ताबेदार, आज नगद कल उधार'।

आज मरै, कल दूसर दिन (99)

अर्थ : किसी दुःख के बाद जिंदगी की दिनचर्या पुनः प्रारंभ हो जाती है।

आठ-आठ आँसू रोना (101)

अर्थ : बहुत कष्ट में रोना या रहना। जैसे 'अभी अत्याचार कर लो, बाद में आठ-आठ आँसू रोना होगा'।

आठों पहर जान सूली पर (102)

अर्थ : सदैव कष्ट में रहना। जैसे 'बैरियों की वजह से, आठों पहर जान सूली पर लटकी रहती है'।

आत्मा पर पड़े, तो परमात्मा की सूझै (104)

अर्थ : जब स्वयं पर कष्ट आता है, तभी ईश्वर की याद आती है।

आते को रोकते नहीं, जाते को टोकते नहीं (105)

अर्थ : जो आ रहा है, उसे आने देना चाहिए और जो जा रहा है, उसे टोकना नहीं चाहिए।

आदमी आया, रोजी आई (106)

अर्थ : आदमी के आने से ही रोजगार आता है।

आदमी की कदर, मरे पर होती है (107)

अर्थ : किसी व्यक्ति या वस्तु का मूल्य उसके खोने के बाद पता चलता है।

आदमी कुछ खो के सीखता है (108)

अर्थ : कुछ गँवाने के बाद ही अनुभव आता है।

आदमी ठोकर खाकर सँभलता है (110)

अर्थ : असफलता मिलने के बाद ही सफलता मिलती है।

आदमी बसे, सोना कसे (112)

अर्थ : किसी व्यक्ति के साथ रहने पर तथा सोना कसौटी पर कसने पर ही उसकी असलियत का पता चलता है।

आदमी बुलबुला है पानी का, क्या भरोसा है जिंदगानी का (113)

अर्थ : इस लोकोक्ति का अर्थ है कि आदमी का जीवन क्षणभंगुर है।

आधी छोड़ पूरी का धावै, पूरी मिलै न आधी पावै (116)

अर्थ : बड़ी वस्तु पाने की आशा में छोटी वस्तु छोड़ देना, पर ऐसे में न बड़ी वस्तु मिली और न छोटी ही मिल पाई।

आधे माघे, कंबल कांधे (117)

अर्थ : यह लोकोक्ति घाघ की उक्तियों से ली गई है, जिसका अर्थ है कि जब आधा माघ का महीना बीत जाता है, तो सर्दी कम हो जाती है और कंबल सिर से उतर कर कंधे पर आ जाता है।

आप बीती या जग बीती (122)

अर्थ : स्वयं के अनुभव या संसार की बातें। जैसे 'आप बीती सुनाऊँ या जग बीती'।

आप भले तो जग भला (123)

अर्थ : यदि आप अच्छे हैं, तो दुनिया अच्छी है।

आमदनी अठन्नी, खर्चा रुपैय्या (128)
अर्थ : आमदनी कम और खर्चा बहुत ज्यादा।

आए की खुशी, न गए का गम (134)
अर्थ : हर काम में निरपेक्ष (निर्विकार) रहना।

आरती के समय सो गए, भोग के समय जागे (136)
अर्थ : काम के समय उपलब्ध न होना, पर फल मिलने के समय हाजिर रहना।

आस-पास बरसै, दिल्ली पड़ी तरसै (139)
अर्थ : आस-पास के लोग आनंद उठाएँ, पर मुख्य कर्ता-धर्ता इसके लिए तरसें।

आसमान पर थूका, खुद ही पर आया (140)
अर्थ : बड़े या ईश्वर की बुराई करने पर वह स्वयं का छोटापन ही प्रदर्शित करता है, जैसे आकाश की ओर थूकने से वह खुद के ऊपर ही गिरता है।

औरों को नसीहत, खुद मियाँ फजीहत (143)
अर्थ : दूसरों को उपदेश देना और स्वयं गलत काम करना। समकक्ष, 'पर उपदेश कुशल बहुतेरे'।

इतनी सी जान, गज भर जबान (145)
अर्थ : छोटे बच्चे द्वारा बड़ी बातें या तकरार करना।

इसकी दवा हकीम लुकमान के पास भी नहीं है (148)
अर्थ : किसी लाइलाज बीमारी का होना, किसी समस्या का समाधान न निकलना।

इल्लत जाय, आदत न जाय (150)
अर्थ : बीमारी जा सकती है, पर आदत नहीं जाती।

ईश्वर आएँ, दलिद्दर जाएँ (153)

अर्थ : भगवान् में आस्था रखने से दरिद्रता चली जाती है, ऐसी कामना इस लोकोक्ति द्वारा व्यक्त की गई है।

ईश्वर से भेंट नहीं, दलिद्दर की पैठारी (155)

अर्थ : जब भगवान् में आस्था नहीं होती, तो दरिद्रता का आगमन होता है।

उधार का खाना, जन्म का ताना (160)

अर्थ : उधार लेने के बाद जिंदगी भर ताने सुनने पड़ते हैं।

उल्टा चोर कोतवाल को डाँटे (162)

अर्थ : जब मुलजिम ही बड़े अधिकारी पर हावी हो जाए, तो ऐसी स्थिति में इस मुहावरे का प्रयोग करते हैं।

उल्टे बाँस बरैली को (163)

अर्थ : गंतव्य के बजाय कहीं और जाना। उत्तर प्रदेश में रायबरेली और बरेली जिले हैं, जिनमें भेद करने के लिए अवध में बरेली को बाँस बरेली कहा जाता है। यह मुहावरा उसी संदर्भ में है।

ऊँघते को सोने में कितनी देर (165)

अर्थ : जो व्यक्ति किसी कार्य की ओर पहले से ही अग्रसर है, उसे कार्य पूरा करने में देर नहीं लगती है।

ऊँची दुकान, फीका पकवान (166)

अर्थ : बाहर से देखने में बहुत अच्छा, पर अंदर की सामग्री अच्छी नहीं। आकर्षक डिब्बाबंदी।

ऊँचे चढ़कर देखा, घर-घर यही लेखा (167)

अर्थ : असंपृक्त भाव से देखने पर सभी में वही गुण-दोष दिखाई देते हैं।

ऊधौ का लेना, न माधव का देना (173)

अर्थ : किसी का कर्ज न लेना है और न देना है। अर्थात् सब कार्यों से मुक्ति मिल गई है।

एक इतवार के व्रत से जन्म का कोढ़ नहीं जाता (176)

अर्थ : एक अच्छा काम करने से बहुत से दोषों का शमन नहीं हो सकता।

एक और एक ग्यारह होते हैं (177)

अर्थ : अकेला व्यक्ति निरीह रहता है, पर दूसरे व्यक्ति के मिलते ही बड़ी हिम्मत आ जाती है।

एक करै, दस पावै (178)

अर्थ : एक व्यक्ति के सुकर्म से दस लोगों को फायदा पहुँचता है।

एक करै, दस भरै (179)

अर्थ : एक व्यक्ति की गलती से दस लोगों को नुकसान उठाना पड़ सकता है।

एक कहौ, न दस सुनौ (180)

अर्थ : किसी की एक गलती निकालो तो दस गलतियाँ सुनने के लिए तैयार रहना चाहिए।

एक चुप, सौ को हरावै (182)

अर्थ : चुप रहने से बहुत से विवाद हल हो सकते हैं।

एक जान, सौ जंजाल (एक जान हजार गम) (183)

अर्थ : एक आदमी के लिए तमाम समस्याएँ रहती हैं। मुहावरे को दूसरी तरह भी प्रयोग किया जाता है।

एक जान, हजार उम्मीद (184)

अर्थ : किसी व्यक्ति से बहुत सी आशाएँ, अपेक्षाएँ की जाती हैं।

एक तिनके का एहसान भारी (186)
अर्थ : थोड़ी मदद का भी एहसान बड़ा होता है, लोग देर तक याद दिलाते हैं।

एक तीर/पत्थर से दो शिकार (187)
अर्थ : किसी एक कार्य से दो उद्‌देश्य सिद्ध करना।

एक तो चोरी, उस पर सीना जोरी (189)
अर्थ : गलत काम करने के बाद भी अकड़ दिखाना।

एक थैली के चट्टे-बट्टे (190)
अर्थ : सब एक ही जैसे होना। जैसे 'आजकल सारी पार्टियों के नेता एक ही थैली के चट्टे-बट्टे हैं'।

एक दर बंद, हजार दर खुले (192)
अर्थ : शाब्दिक अर्थ है कि जब एक दरवाजा बंद होता है, तो हजार दरवाजे खुल जाते हैं। अर्थात् जब एक अवसर चला जाता है, तो अन्य विकल्प खुल जाते हैं, अतः निराश नहीं होना चाहिए।

एक पंथ, दो काज (194)
अर्थ : एक साथ दो काम निपटाना

एक पापी नाव डुबाता है (195)
अर्थ : एक गलत आदमी की वजह से पूरा काम बिगड़ जाता है। समकक्ष, 'एक मछली सारे तालाब को गंदा करती है'।

एक म्यान में दो तलवारें नहीं रह सकती हैं (199)
अर्थ : एक स्थान में दो का गुजारा नहीं हो सकता है। जैसे 'उनके घर में जब से दूसरी बीवी आई है, रोज लड़ाई-झगड़ा होता रहता है, एक म्यान में दो तलवारें नहीं रह सकती हैं'।

एक लख पूत, सवा लख नाती। तिस रावण घर, दिया न बाती।। (200)

अर्थ : इस लोकोक्ति का अर्थ है कि बुरे कर्म करने से रावण के जैसे भरे-पूरे परिवार में दीया जलानेवाला न बचा।

एक से भले दो (202)

अर्थ : अकेले से दो लोगों का साथ रहना अच्छा है। समकक्ष, 'एक और एक ग्यारह होते हैं'।

एकहि साधे सब सधै, सब साधे सब जाय (205)

अर्थ : एक काम को लेकर पूरा करना ज्यादा अच्छा है, बजाय कई कामों को साथ-साथ करना और कोई काम पूरा न कर पाना।

एकांत बासा, झगड़ा न झाँसा (206)

अर्थ : एकांत में रहनेवाला व्यक्ति झगड़े-झंझट से दूर रहता है।

कच्चा बाँस, जिधर फेरो फिर जाता है (212)

अर्थ : कच्चे पदार्थ से जैसा चाहिए, बन सकता है।

कड़ुए से मिलिए, मीठे से डरिए (213)

अर्थ : कड़ुआ सच बोलता है, अतः उससे मिलना अच्छा है, जबकि मीठा बोलनेवाला धोखा दे सकता है।

कत्थर गुद्दर सोवैं, मर्जादा बैठी रोवैं (214)

अर्थ : विपरीत परिस्थितियों में भी जो सामंजस्य बैठा लेता है, वह सुखी रहता है, उस व्यक्ति के सापेक्ष जो बनावटी दिखावे में कष्ट पाता है।

कब्र में पैर लटकना (219)

अर्थ : मृत्यु के समीप होना, अत्यंत वृद्ध होना।

कम खर्च, बाला नशीन (224)

अर्थ : कम दाम में देखने में अच्छी वस्तु लाना या अच्छा आयोजन करना।

कम खाव, गम खाव, न हाकिम के जाव, न हकीम के (225)

अर्थ : कम खाना खाने से वैद्य/हकीम के पास जाने की जरूरत नहीं पड़ती, इसी तरह किसी झगड़े में कुछ संतोष कर लेने से हाकिम के पास (कोर्ट/कचेहरी) नहीं जाना पड़ता। इस लोकोक्ति की यही सीख है।

कंबली जितनी भीगेगी, भारी होगी (226)

अर्थ : लोकोक्ति का भावार्थ यह है कि पाप की कंबली (गठरी) ज्यों-ज्यों पाप बढ़ेगा, वह भारी होती जाएगी।

कमान से निकला तीर और जबान से निकली बात कभी वापस नहीं होती (228)

अर्थ : किसी गलत बात के कह देने के बाद पश्चात्ताप की स्थिति में इस लोकोक्ति का प्रयोग किया जाता है।

करनी न करतूत, लड़ने को मजबूत (231)

अर्थ : अच्छे काम कर नहीं सकते, सिर्फ लड़ने के लिए तत्पर रहते हैं, ऐसे स्वभाव के व्यक्ति के लिए इस मुहावरे का प्रयोग किया जाता है।

कर्म की रेखा अमिट है (232)

अर्थ : भाग्य का लिखा हुआ मिट नहीं सकता है, भाग्य प्रबल है।

कर सेवा, खा मेवा (233)

अर्थ : जो अच्छा काम करेगा, उसे अच्छा फल मिलेगा।

करे एक, पकड़े जाएँ सब (237)

अर्थ : एक व्यक्ति के गलत काम करने के कारण उसके सभी संगी-साथी पकड़े जाते हैं।

कसम खाने के लिए है (241)

अर्थ : अधिकतर लोग कसम खाते हैं, पर उसका पालन नहीं करते।

कहना आसान है, करना मुश्किल (242)

अर्थ : किसी काम का वर्णन करना आसान है, पर उसका करना मुश्किल होता है।

कहीं धूप, कहीं छाया (247)

अर्थ : ईश्वर कृपा से कहीं खुशी और कहीं गम है।

कागज की नाव में कौन पार उतरा (250)

अर्थ : इस लोकोक्ति का भावार्थ है कि बिना दृढ निश्चय के कोई कार्य संपन्न नहीं किया जा सकता है।

काजर की कोठरी में कैसेहू सयानो जाय, एक रेख काजर की लागै पै लागै (251)

अर्थ : लोकोक्ति का भावार्थ है कि बुरे लोगों की संगत से होशियार आदमी भी बदनाम हो जाता है।

काजी काहे दुबले शहर के अंदेशे से (252)

अर्थ : स्थान विशेष के काजी (मुसलिम पुरोहित) को शहर में क्या हो रहा है, इसको लेकर क्यों परेशानी हो रही है। मुहावरे का प्रयोग कार्यक्षेत्र से बाहर की बातों को लेकर चिंतित होने की स्थिति में किया जाता है।

काटै बाड़ नाम तलवार का, लड़े फौज नाम सरदार का (253)

अर्थ : करनेवाले का नाम नहीं होता है, अस्त्र का नाम होता है। जैसे फौज लड़ती है, पर नाम सरदार का होता है।

काठ की तलवार, काट नहीं करती (254)

अर्थ : बिना अच्छे औजार के काम पूरा नहीं होता।

कानून अंधा होता है (262)

अर्थ : कानून किसी को नहीं देखता (भेदभाव नहीं करता), वह सिर्फ साक्ष्य के आधार पर न्याय करता है।

कामचोर, निवाले हाजिर (266)

अर्थ : काम के समय गायब रहना और खाने के समय हाजिर हो जाना। अर्थात् काम से बचना और काम से फायदा मिलते समय दावा जताना।

काम प्यारा, चाम नहीं (267)

अर्थ : आदमी अपने काम से प्रभावित करता है, शक्ल से नहीं।

काल का मारा, सब जग हरा (268)

अर्थ : समय की मार या दुर्भाग्य के कारण व्यक्ति सबसे हार जाता है।

किसका धन, कौन खाय, पापी का माल अकारथ जाय (272)

अर्थ : कोई धन कमाता है, पर उसका उपयोग कोई दूसरा करता है। गलत ढंग से कमाया हुआ पैसा व्यर्थ ही जाता है।

किसी का घर जले और कोई तापे (274)

अर्थ : किसी का नुकसान हो रहा है और कोई दूसरा उससे फायदा उठाने की कोशिश करता है।

कीचड़ में पत्थर फेंको, अपने ऊपर ही आता है (276)

अर्थ : बुरे लोगों के बीच में पड़ने या आलोचना करने से बात अपने ऊपर भी आती है।

कुछ आता है, न जाता (279)

अर्थ : ज्ञान का न होना। जैसे 'उन्हें न कुछ आता है, न जाता है, मुझे सिखाने चले हैं'।

कुँवारे कुँवारों का सदा बसंत (289)
अर्थ : नवयुवक और नवयुवतियों के लिए हमेशा वसंत ऋतु रहती है।

कोई किसी की कब्र में नहीं जाने का (292)
अर्थ : मरने के बाद दूसरा कोई साथ में नहीं जाता है।

कोऊ नृप होय हमैं का हानी, चेरी छांड़ि न होबै रानी (294)
अर्थ : यह लोकोक्ति तुलसीकृत रामायण से ली गई है, जहाँ दासी मंथरा कहती है कि राजा कोई हो, मुझे तो दासी ही रहना है। किसी तरह की निरपेक्षता की स्थिति में इस लोकोक्ति का प्रयोग किया जाता है।

कोढ़ में खाज (296)
अर्थ : एक समस्या के साथ दूसरी समस्या होना।

कोयले की दलाली में हाथ काला (297)
अर्थ : बुरे लोगों की संगत में बदनामी ही मिलती है।

कोहनी मारना (298)
अर्थ : इशारा करना।

कौड़ी के तीन होना (299)
अर्थ : छिन्न-भिन्न हो जाना, सस्ते में बिक या लुट जाना।

कौन कहे, रानी ढांकौ (300)
अर्थ : रानी की नग्नता को ढकने के लिए कौन कहे, क्योंकि ऐसा करने पर दंडित होने का डर रहता है।

कौन सा घर है, जिसमें मौत नहीं आई (301)
अर्थ : सभी घरों में मौत होती है। अर्थात् मृत्य अवश्यंभावी है।

खाना और गुर्राना (307)

अर्थ : लाभ प्राप्त करने के बाद एहसान न मानना।

खामोशी नीम रजा (मौन स्वीकृति का लक्षण है) (310)

अर्थ : विरोध न करने का मतलब स्वीकार करना है। समकक्ष, संस्कृत में, 'मौनम् स्वीकृति लक्षणम्'।

खाय मनभाता, पहनै जगभाता (312)

अर्थ : खाना अपनी पसंद का खाना चाहिए, पर वस्त्र लोकानुसार पहनने चाहिए।

खाया-पिया छुपता नहीं (314)

अर्थ : संपन्नता में रहने को छुपाया नहीं जा सकता है।

खाया सो खोया, दिया सो बोया (315)

अर्थ : जो खुद खा लिया, वह समाप्त हो गया, पर जो दूसरों को दिया, वह वापस मिलेगा।

खाए किसी का, गाए किसी का (316)

अर्थ : लाभ किसी से लेना और गुणगान किसी और के करना।

खिलाए का नाम नहीं, रुलाए का इल्जाम (321)

अर्थ : अच्छी बात जाहे जितनी की जाए, उसका नाम नहीं होता, पर एक गलत बात हो जाए तो उसकी बदनामी बराबर होती रहती है।

खुद तो डूबे ही, औरों को भी ले डूबे (324)

अर्थ : स्वयं डूबने के साथ ही औरों को भी ले डूबना। अर्थात् अपने साथ सभी का नुकसान करना।

खुद ही मारै, खुद ही चिल्लाय (325)

अर्थ : स्वयं ही गलत काम करके अपने को निर्दोष बताने के लिए चीख-पुकार करना।

खुदा की देन को मूसा से पूछिए (326)

अर्थ : जब ईश्वर देता है, तो बहुत कुछ दे देता है। समकक्ष, 'ईश्वर देता है तो छप्पर फाड़ के देता है'।

खुदा की बात खुदा ही जाने (327)

अर्थ : संसार की विसंगत बातें ईश्वर ही जानता है।

खुला खेल फरुक्खाबादी (330)

अर्थ : गोपनीय बातें या काम सबके सामने करना। जैसे 'कचेहरी में खुलेआम घूस लेते हैं, वहाँ खुला खेल फरुक्खाबादी चलता है'।

खुशामद से बरामद/आमद (331)

अर्थ : प्रशंसा से ही कुछ निकल सकता है या काम बन सकता है। इस मुहावरे का प्रयोग दूसरे रूप में भी करते हैं।

खेल खेलना (339)

अर्थ : षड्यंत्र रचना।

गड़े मुर्दे उखाड़ना (342)

अर्थ : लड़ाई-झगड़े के लिए पुरानी बातों को फिर से उठाना।

गप्प मारना (349)

अर्थ : गप्प संस्कृत शब्द 'गल्प' का अपभ्रंश है। कपोल कल्पित कहानियाँ गढ़ना या सुनाना गप्प मारना कहलाता है। समकक्ष, 'लंतरानी हाँकना'।

गबरू जवान, बड़ी आन-बान (350)

अर्थ : ताकतवर जवान की शान निराली होती है।

गया वक्त फिर हाथ आता नहीं (351)

अर्थ : बीता हुआ समय फिर वापस नहीं मिल सकता।

गरजनेवाले बरसते नहीं (352)

अर्थ : गाली-गलौज करनेवाले व्यक्ति मार-पीट नहीं करते (क्योंकि गुस्सा बकझक से दूर हो जाता है)।

गरीब को जब मिले, अमीर को जब भूख लगे (355)

अर्थ : गरीब को जब भी भोजन मिलता है, वह खा लेता है, जबकि अमीर भूख लगने पर ही खाता है, क्योंकि उसे भोजन सदैव उपलब्ध रहता है।

गाते-गाते कलावंत हो ही जाता है (356)

अर्थ : निरंतर प्रयास से कलाकारी में निखार आता है।

गाना और रोना सबको आता है (357)

अर्थ : सुख और दुःख की स्थितियों में सभी गा और रो लेते हैं।

गाँव बसा नहीं, कँगला पहिले पहुँच गे (360)

अर्थ : किसी कार्य के प्रारंभ होने से पहले ही, लाभ की आशा में लोग एकत्र होने लगे।

गिरते हैं शहसवार ही मैदाने जंग में, (वह तिफ्ल क्या गिरेगा, जो घुटनों के बल चले) (361)

अर्थ : इस मुहावरे का पहला भाग ही ज्यादा प्रयोग में लाया जाता है, जिसका अर्थ है कि अच्छे घुड़सवार ही गिरते हैं, वह क्या गिरेगा जो घुटनों के बल चलता है। अर्थात् गलती अच्छे काम करनेवाले से ही होती है, जो काम ही नहीं करते, उनसे गलती होने की संभावना नहीं रहती है, अतः धैर्य खोने की आवश्यकता नहीं है।

गुजरा गवागी, लौटा बराती (364)

अर्थ : कचेहरी ले जाते समय गवाह की खातिरदारी की जाती है, गवाही हो जाने पर उसकी कोई पूछ नहीं होती। इसी तरह शादी में जाने से पहले बारातियों की खातिरदारी होती है, बरात विदा हो जाने के बाद बारातियों पर ज्यादा ध्यान नहीं दिया जाता। इसी परिप्रेक्ष्य में काम निकल जाने के बाद एहसान न मानने पर यह मुहावरा प्रयोग किया जाता है।

गुड़ियों का खेल नहीं (370

अर्थ : आसान काम न होना। जैसे 'खेत जोतकर धन लगाना कोई गुड़ियों का खेल नहीं'।

गुदगुदावे वहाँ तक, जहाँ तक हँसी आवे (371)

अर्थ : हँसाना भी एक सीमा तक ही अच्छा लगता है।

गुदड़ी के लाल (372)

अर्थ : अत्यंत गरीबी में जन्म लेकर महान् बनना। जैसे 'प्रधानमंत्री लाल बहादुर शास्त्री गुदड़ी के लाल थे'।

गुनाह बेलज्जत (373)

अर्थ : गुनाह या गलत काम भी किया और मजा भी न आया।

गुस्सा बहुत, जोर थोड़ा, मार खाने की निशानी है (375)

अर्थ : यदि शरीर बलशाली नहीं है तो क्रोध आने पर पराजय ही मिलनी है।

गूँगे की मिठाई (376)

अर्थ : खुशी के मारे किसी अच्छी वस्तु का वर्णन न कर पाना।

गोद का खिलाया, गोद में नहीं रहता (379)

अर्थ : छोटा बच्चा बड़ा होकर दूर चला ही जाता है।

गोद मा बईठ के दाढ़ी ना नोचौ (380)

अर्थ : अधिकारिक पद पाने के बाद संरक्षक को ही दु:ख पहुँचना।

घड़ी मा घर जलै, अढ़ाई घड़ी भद्दरा (382)

अर्थ : लोकोक्ति का शब्दार्थ है कि थोड़ी देर में घर जल जाएगा, पर साइत के अनुसार भद्रा लगी हुई है, जिसमें कोई काम नहीं करना चाहिए। अर्थात् आपातकाल में शुभ मुहूर्त का विचार न करके आवश्यकतानुसार तुरंत कार्य करना चाहिए।

घर का जोगी जोगड़ा, आन गाँव का सिद्ध (384)

अर्थ : आस-पास के विशेषज्ञ को महत्त्व न देना और दूर के दूसरे गाँव के कम जानकार को सिद्ध मान लेना।

घर का भेदी, लंका ढाए (385)

अर्थ : घर का रहस्य बतानेवाला विनाश की ओर ले जाता है।

घर सुख तो बाहर चैन (395)

अर्थ : अगर घर में सुख है तो बाहर भी आराम मिलता है।

घूँसों में क्या उधार (401)

अर्थ : जब घूँसे चलने लगें तो उसी समय हिसाब चुकता कर लेना चाहिए।

चट मँगनी, पट ब्याह (408)

अर्थ : ताबड़तोड़ शादी की रस्में पूरी करना।

चटोरी खोदै अपना घर, बटोरी खोदै दूजा घर (409)

अर्थ : जिसको बाजार से चाट और अन्य व्यंजन खाने की आदत पड़ जाती है, वह अपना घर बरबाद करती है, जबकि जो सहेजनेवाली होती है, वह दूसरों के यहाँ से भी सामान अपने यहाँ लाती है।

चलती का नाम गाड़ी (417)

अर्थ : जो चलती रहे, वही गाड़ी है। अर्थात् जो चल जाए, वही ठीक है। इस मुहावरे से संबंधित कबीरदासजी की लोकोक्ति (उल्टवांसी) है—'चलती को गाड़ी कहे, बने दूध को खोया, रंगी को नारंगी कहे, देख कबीरा रोया'।

चलती चकिया देख के दिया कबीरा रोय, दो पाटों के बीच में साबुत बचा न कोय। (418)

अर्थ : इस लोकोक्ति का अर्थ है कि धरती और असमान रूपी चकिया के दो पाटों के बीच में कोई नहीं बचता। अर्थात् सभी का अंत निश्चित है।

चलती-फिरती छाया (419)

अर्थ : अस्थायी, क्षणभंगुर। जैसे 'आदमी का जीवन या धन चलती-फिरती छाया के सामान है'।

चाक उतरा हुआ, फिर नहीं चढ़ता (420)

अर्थ : कुम्हार का चाक एक बार उतर जाने के बाद फिर नहीं चढ़ता है। अर्थात् कोई अवसर खो जाने के बाद वह दुबारा नहीं मिलता।

चाँदी काटना (422)

अर्थ : धनागम में वृद्धि होना। जैसे 'इस बार फसल भी अच्छी हुई और लड़के की नौकरी भी लग गई, अब वे चाँदी काट रहे हैं'।

चाँदी बरसना। (423)

अर्थ : कई स्रोतों से धन की प्राप्ति होना।

चाँदी होना (424)

अर्थ : आशा से अधिक मिलना। जैसे 'गोदाम में प्याज भरा था, एकाएक दाम बढ़ जाने से उनकी चाँदी हो गई'।

चाम के दाम (425)

अर्थ : किसी जानवर के मर जाने पर उसकी चमड़ी का दाम फिर भी रहता है।

चार दिन की चाँदनी, फिर अँधेरी रात/अँधेरा पाख (426)

अर्थ : दो-चार दिन मौज-मस्ती के बाद फिर कष्टप्रद दिनचर्या में वापस आ जाना।

चाहे जिया जाय, लागी छूटे ना (429)

अर्थ : प्रेम में जान की परवाह नहीं नहीं होती। अर्थात् दिल की लगी जीवनपर्यंत नहीं छूटती।

चुगली करना/खाना (439)

अर्थ : दो व्यक्तियों के बीच की वार्त्तालाप को तीसरे व्यक्ति को बता देना।

चुप आदमी और बँधे पानी से डरना चाहिए (440)

अर्थ : इस लोकोक्ति द्वारा यह बताया गया है कि चुप आदमी के विचारों का पता नहीं चलता और बँधा हुआ पानी गहरा भी हो सकता है और गंदा भी, अतः दोनों से सावधान रहना चाहिए।

चोर चोरी से जाय, हेरा-फेरी से न जाय (451)

अर्थ : चोर चोरी छोड़ सकता है, पर हेरा-फेरी फिर भी करता रहता है।

चोरी का माल सस्ता (454)

अर्थ : सस्ता सामान चोरी का भी हो सकता है। चोरी का सामान सस्ता ही बिकेगा।

छक्के छुड़ाना (456)

अर्थ : बुरी तरह पराजित करना।

जग हँसाई होना (466)

अर्थ : किसी कार्य के ठीक से पूरा न होने पर सभी की हँसी का पात्र बनना।

जनवासी चाल चलना (468)

अर्थ : मंद गति से चलना, जैसे बारात में जा रहे हों।

जब जागे, तभी सबेरा (470)

अर्थ : जब सही बात समझ में आए, तभी से अच्छे दिन की शुरुआत।

जब तक दम, तब तक गम (471)

अर्थ : जब तक आदमी जिंदा है, तभी तक सारे गम रहते हैं, मरने के बाद इन सभी से मुक्ति मिल जाती है।

जबरा मारै, रोवै ना देय (475)
अर्थ : अत्याचारी व्यक्ति मारता भी है और रोने भी नहीं देता।

जर के आगे जोर नहीं चलता है (480)
अर्थ : धन-दौलत के आगे ताकत से काम नहीं होता।

जरा जिया तो क्या जिया (481)
अर्थ : थोड़ी उम्र की जिंदगी बेकार होती है।

जरूरत का कोई कानून नहीं है (483)
अर्थ : जरूरत पड़ने पर लोग कानून भूल जाते हैं और जरूंरत के अनुसार काम करने लगते हैं।

जरूरत सबकुछ करा लेती है (484)
अर्थ : जरूरत होने पर आदमी सबकुछ करने पर मजबूर हो जाता है।

जल्दी का काम शैतान का (486)
अर्थ : जल्दबाजी में किया गया काम अकसर बिगड़ जाता है।

जली-कटी सुनाना (488)
अर्थ : खरी-खोटी सुनाना, गाली-गलौज करना।

जहाँ गईं डाढ़ा रानी, हुवाँ पड़ा पाथर पानी (491)
अर्थ : दुर्भाग्य व्यक्ति का साथ नहीं छोड़ता है। समकक्ष, उर्दू में, 'जहाँ जाय भूखा, वहीं पड़े सूखा'।

जहाँ गुल है, वहाँ खार भी जरूर है (493)
अर्थ : जहाँ अच्छाई है, वहाँ बुराई भी रहती है। समकक्ष, 'जहाँ खुशी, वहाँ गम')।

जहाँ सौ, वहाँ सवा सौ/जहाँ सत्यानाश, वहाँ साढ़े सत्यानाश (498)

अर्थ : किसी आयोजन में थोड़ा घटने-बढ़ने से कोई विशेष फर्क नहीं पड़ता।

जाको राखै साइयाँ, मार सकै ना कोय। बाल न बाँका करि सकै, जो जग बैरी होय।। (500)

अर्थ : इस लोकोक्ति का पहला भाग ही अधिक प्रयोग किया जाता है, जिसका अर्थ है कि जिसे ईश्वर बचाता है, उसका कोई कुछ नहीं बिगाड़ सकता है। समकक्ष, उर्दू में, 'जिसको खुदा चाहे, उसपर आँच न आए'।

जान बची, लाखों पाए (लौट के बुद्धू घर को आए) (506)

अर्थ : मुहावरे का पहला भाग प्राय: प्रयोग में लाया जाता है, जिसका अर्थ है कि अगर जान बच गई है तो समझो लाखों की संपत्ति मिल गई है। जान बचना ही बड़ी बात है।

जान है तो जहान है (508)

अर्थ : यदि आदमी जिंदा है, तो सबकुछ है, सारी दुनिया है।

जाय लाख, रहे साख (509)

अर्थ : चाहे लाख रुपए चले जाएँ, पर साख नहीं जानी चाहिए।

(हारिए न हिम्मत, बिसारिए न सीताराम) जाही बिधि राखै राम ताही बिधि रहिए (510)

अर्थ : मुहावरे का दूसरा भाग अधिक प्रयोग किया जाता है, जिसका अर्थ है कि जिस तरह ईश्वर रखता है, उसी स्थिति में संतोषपूर्वक रहना चाहिए।

जिकरुल ऐश, निस्बुल ऐश (511)

अर्थ : यह मुहावरा उर्दू से लिया गया है, पर इसी भाव में हिंदी में भी प्रयुक्त होता है, जिसका अर्थ है कि मौज-मस्ती का आधा सुख उसके बखान में है।

जितना ऊपर, उतना ही नीचे (512)

अर्थ : किसी व्यक्ति का कार्यकलाप जितना बाहर से दिखता है, उससे ज्यादा गुप्त/छद्म रूप में होना।

जितना छानो, उतना ही किरकिराय (514)
अर्थ : जितनी छान–बीन की जाती है, उतने ही ऐब निकलते हैं।

जितना छोटा, उतना खोटा (515)
अर्थ : देखने में जितना छोटा है, पर शैतानी में उतना ही आगे होना।

जिंदगी पानी का बुलबुला है (518)
अर्थ : जीवन क्षणभंगुर है।

जिधर जलता देखै, उधर तापै (520)
अर्थ : जिधर अपना फायदा हो, उधर मुड़ जाना। अपना स्वार्थ देखना।

जिन खोजा तिन पाइयाँ, गहरे पानी पैठ (521)
अर्थ : यह मुहावरा मूल रूप से पंजाबी भाषा का है, जिसका अर्थ है कि जो किसी बात की गहराई में जाकर खोज करता है, उसे ही सफलता मिलती है।

जिसका काम, उसी को साजै, और करै तो ठेंगा बाजै (522)
अर्थ : जो जिस काम में कुशल है, वही अच्छी तरह कर सकता है। दूसरा करे तो वह काम बिगड़ जाता है।

जिसका खाना, उसका गाना (523)
अर्थ : जहाँ से भोजन मिले, उसी के गुणगान करना।

जिसको न दे मौला, उसको दे आसिफुद्दौला (525)
अर्थ : नवाब आसिफुद्दौला अवध के चौथे नवाब थे। किसी साल भयंकर सूखा पड़ा, तो उन्होंने जनता की मदद करने के लिए इमामबाड़ा बनवाना आरंभ किया। शरीफ लोगों की मदद के लिए उन्हें रात में बनी हुई ईमारत को गिराने के लिए बुलवाया, ताकि उनकी इज्जत भी रहे और मदद भी हो जाए। इस सहृदय नवाब के लिए लोगों ने उपरोक्त मुहावरा गढ़ा। अर्थात् जिसे ईश्वर नहीं देता, उसे असिफुद्दौला देता है।

जिस राह नहीं चलना, उसके कोस क्या गिनना (530)

अर्थ : जिस रास्ते पर नहीं जाना है, उसके बारे में तमाम जानकारी क्यों प्राप्त करना। समकक्ष, पंजाबी में 'जिस घर जाणा नहीं, उसदी राह की पुछणा'।

जुआ बड़ा ब्यापार, जो ना होती उसमें हार (532)

अर्थ : यदि जुए में हार न होती तो, वह बहुत बड़ा व्यापार होता, क्योंकि उसमें बिना परिश्रम के फायदा होता है।

जेब जली, स्वाद न पाया (538)

अर्थ : बहुत पैसा खर्च करने पर भी खाने का मजा न मिला।

जैसा देस, वैसा भेस (540)

अर्थ : जिस देश में रहना, उसी की वेश-भूषा धारण करना।

जैसा राजा, वैसी प्रजा (543)

अर्थ : इस लोकोक्ति का अर्थ है कि देश के राजा या बड़े लोगों के अनुसार प्रजा भी वैसी ही हो जाती है।

जैसा लेना-देना, वैसा गाना-बजाना (544)

अर्थ : उत्सवों में जैसा लेना-देना होता है, उसी अनुसार लोग गाते-बजाते हैं।

जैसी रूह, वैसे फरिश्ते (546)

अर्थ : जिस तरह आदमी के कर्म होते हैं, देवदूत उससे उसी तरह व्यवहार करते हैं।

जैसे कान्हा यहाँ रहे, वैसे रहे बिदेस (547)

अर्थ : देश और विदेश में एक जैसे ही रहना।

जैसे को तैसा (परखने को पैसा) (548)

अर्थ : जैसा कर्म, वैसा फल। मुहावरे का पहला भाग अधिक प्रयोग किया

जाता है। दूसरे भाग का अर्थ है कि किसी को परखने के लिए पैसे का लेन-देन ही काफी है।

जैसे सत्यानाश, वैसे साढ़े सत्यानाश (549)

अर्थ : एक बार विनाश हो जाने के बाद और विनाश का कोई अर्थ नहीं होता है।

जो करै, सो भरै (550)

अर्थ : जो जैसा करेगा, उसे वैसा ही फल मिलेगा।

जो जागै, सो पावै, जो सोवै, सो खोवै (551)

अर्थ : जो जागता (जाग्रत्, चैतन्य) रहता है, उसे ही फल मिलता है तथा जो सोता रहता है, उसे कुछ नहीं मिलता।

जो जीता, वही सिकंदर (552)

अर्थ : जो विजयी है, उसी के सभी गुणगान करते हैं।

जो राह बताए, वही आगे चले (553)

अर्थ : जो व्यक्ति किसी समस्या का हल सुझाए, उसे ही आगे बढ़कर उस समस्या का निदान करना पड़ता है।

जौ धन जाता देखिए, आधा दीजै बाँट (558)

अर्थ : इस लोकोक्ति का अर्थ है कि जब धन की हानि होनेवाली हो तो उसका बँटवारा कर लेना चाहिए।

झंडे गाड़ना (561)

अर्थ : किसी कार्य में पूर्ण सफलता प्राप्त करना।

टके की निहारी में टाट का टुकड़ा (562)

अर्थ : शाब्दिक अर्थ है कि दो पैसे की नाश्ते की रोटी में टाट का टुकड़ा होना। अर्थात् सस्ती चीज में मिलावट स्वाभाविक है।

टट्टी की आड़ से शिकार (563)
अर्थ : धोखे से कोई कार्य करना।

टपके का डर (564)
अर्थ : अनजानी वस्तु से डरना।

टाट का लँगोटा, नवाब से यारी (565)
अर्थ : निर्धनता में रहकर भी धनवानों से दोस्ती करने की इच्छा रखना।

टेढ़े से देवता डेरांय (568)
अर्थ : बुरे आदमी से देवता भी डरते हैं।

डायन भी दस घर छोड़कर खाती है (572)
अर्थ : पड़ोस में कोई वारदात नहीं करनी चाहिए।

डींगें मारना/हाँकना (573)
अर्थ : बढ़-चढ़कर बात करना।

डील-डौल गुंबद, आवाज फुसफुस (574)
अर्थ : शरीर भारी-भरकम, पर आवाज मरी हुई।

डूबते को तिनके का सहारा (577)
अर्थ : जब कोई काम बिगड़ रहा हो तो, हिम्मत बाँधने के लिए थोड़ी मदद भी काफी होती है।

डेढ़ ईंट की मसजिद (578)
अर्थ : अपनी अलग से छोटी मसजिद बनाना। समकक्ष, 'अढ़ाई चावल अलग पकाना'।

तकदीर के आगे तदबीर नहीं चलती (581)
अर्थ : भाग्य के सामने परिश्रम से भी उचित फल नहीं मिलता है।

तन सुखी, तो मन सुखी (582)

अर्थ : यदि कोई व्यक्ति शारीरिक रूप से सुखी है, तो उसका मन भी सुखी रहता है।

तंदुरुस्ती हजार नियामत (583)

अर्थ : यदि शरीर सही है, तो वह सबसे बड़ा आशीर्वाद है।

तपने पर सोने जैसा खरा उतरना (585)

अर्थ : कष्ट पड़ने पर भी चरित्रवान् बने रहना।

तपै मिरगिसिरा बिलखैं चार, बन, बालक औ भैंस, उखारि (586)

अर्थ : यह लोकोक्ति मौसम से संबंधित है। ज्येष्ठ मास में मृगशिरा नक्षत्र में अत्यधिक गरमी पड़ती है। गरमी का सर्वाधिक प्रभाव वन, बच्चों, भैंस तथा ईख पर देखा जा सकता है।

तलवार का घाव भर जाता है, बात का नहीं (587)

अर्थ : तलवार का घाव शारीरिक है, अतः जल्दी भर जाता है, पर बातों का घाव मानसिक होता है, अतः जल्दी नहीं भरता। इस लोकोक्ति का प्रयोग सापेक्ष स्थितियों में किया जाता है।

तलवार की मार एक बार, एहसान की मार बार-बार (588)

अर्थ : तलवार से एक बार ही चोट पहुँचाई जाती है, पर एहसान जताकर लोग बार-बार मानसिक चोट देते हैं।

तारीफ के पुल बाँधना (591)

अर्थ : किसी की अतिशय प्रशंसा करना।

तीन में न तेरा में, मिरदंग बजावैं डेरा मा (595)

अर्थ : यदि कोई व्यक्ति न तीन (छोटो) के समूह में है और न तेरह (बड़ों) के समूह में है, तो वही सबसे सुखी व्यक्ति है (मध्यमार्गी)। यह लोकोक्ति मध्य (निरपेक्ष) मार्ग पर चलने की सीख देती है।

तीस मार खाँ (596)

अर्थ : किसी ने तीस मक्खियाँ मार दीं, तो वह तीसमार खाँ कहलाया। अर्थात् कई छोटे-छोटे कामों में सफलता मिलने पर अपने को सर्वगुण संपन्न प्रदर्शित करना।

तुम रूठे, हम छूटे (598)

अर्थ : यदि कोई रूठ जाए तो मनाने के बजाय दूसरे को अलग हो जाने का बहाना मिल जाता है, ऐसी स्थिति में इस मुहावरे का प्रयोग किया जाता है।

तू भी रानी, मैं भी रानी, कौन भरे पनघट पर पानी (599)

अर्थ : यदि सभी शालीन बने रहते हैं तो घर के छोटे-मोटे काम कौन करेगा।

तेरह नौ बाईस पढ़ाना (600)

अर्थ : बहानेबाजी करना, व्यर्थ की बातें बनाना। जैसे 'सीधे-सीधे बताओ क्या हुआ, तेरह नौ बाईस न पढ़ाओ'।

थोर करैं भवानी, बहुत करैं पंडवा (610)

अर्थ : मुख्य कर्ता इतने अपेक्षा नहीं करते, जितने उसके अधीनस्थ गौंड़ व्यक्ति पाना चाहते है।

दरिया दिल होना (615)

अर्थ : बहुत दयालु होना।

दरिया पर जाना और प्यासा आना (616)

अर्थ : धनवान् के पास जाकर भी खाली हाथ लौटना।

दाता से सूम भला, जो ठाढ़ै देय जवाब (625)

अर्थ : देनेवाला लटकाता रहे, उससे अच्छा कंजूस आदमी है, जो सीधे जवाब देता है कि उसे कुछ नहीं देना है।

दाना दुश्मन, नादान दोस्त से बेहतर है (628)
अर्थ : मूर्ख दोस्त से बुद्धिमान दुश्मन अच्छा है।

दाम का काम, बात से नहीं होता है (630)
अर्थ : जिस काम में पैसे लगते हैं, उसे बातचीत से नहीं किया जा सकता है।

दिन ईद, रात शबेबरात (634)
अर्थ : बहुत सुख की जिंदगी जीना। समकक्ष, 'पाँचों उँगली घी में होना'।

दिन म रहें रानी, रात म भरैं पानी (636)
अर्थ : दिखावे में अच्छे बने रहना, पर आतंरिक रूप से कमजोर होना।

दीया तले अँधेरा (637)
अर्थ : पढ़े-लिखे परिवार में कुछ लोगों का अनपढ़ रहना।

दीया न बाती, मुफ्त में फिरै इतराती (638)
अर्थ : घर में रोशनी तक जलाई नहीं, बेवजह इधर-उधर घूमना।

दीया बाती जले, मरद मानुस घर भले (639)
अर्थ : दीया बत्ती जलने के बाद अच्छे लोग घर में रहने पर ही शोभा देते हैं।

दिल को हो करार, तब सूझैं सब त्योहार (642)
अर्थ : जब मन में शांति हो, तभी सारे त्योहार मनाने का दिल करता है।

दीवानी आदमी को दीवाना कर देती है (644)
अर्थ : इस मुहावरे का दो-तीन अर्थों में प्रयोग किया जाता है, पहला, दीवानी औरत आदमी को दीवाना बना देती है। दूसरा अर्थ है कि दीवानी का ओहदा दीवान साहब को घमंडी और क्रूर बना देता है, तीसरा, दीवानी कचेहरी का मुकदमा लंबा चलता है, अत: वह आदमी को कंगाल बना देता है।

दुःख-सुख साथ लगा रहता है (646)
अर्थ : दु:ख-सुख आते-जाते रहते हैं।

दुनिया उम्मीद पर कायम है (648)
अर्थ : आशा पर ही संसार के सारे कार्यकलाप चलते हैं।

दुविधा में दोनों गए, माया मिली न राम (653)
अर्थ : धन और ईश्वर के बीच दुविधा रहने पर दोनों की प्राप्ति नहीं होती है।

दुश्मन न सोए, न सोने दे (654)
अर्थ : शत्रु न खुद शांति से रहता है और न विपक्षी को शांति से रहने देता है।

दूर की कौड़ी लाना (659)
अर्थ : सामने की बात छोड़कर अन्य अप्रासंगिक बात करना।

देर आयद, दुरुस्त आयद (661)
अर्थ : देर से आए, पर ठीक से पहुँच गए।

देर में देर होती है (662)
अर्थ : जब किसी काम में देर होने लगे तो अन्य छोटे-छोटे काम और देर लगाते हैं।

देवता न भवानी, पहले काले चोर को (663)
अर्थ : इस मुहावरे को व्यंग्यात्मक रूप में प्रयोग किया जाता है, जिसका अर्थ है कि देवता या भवानी की पूजा हुई नहीं, उससे पहले क्या प्रसाद काले चोर को दिया जाएगा। अर्थात् पूजा के बाद ही किसी को प्रसाद दिया जाएगा।

दो जिस्म, एक जान (664)
अर्थ : प्रगाढ़ मित्रता या प्यार होना।

धन-धरम दोनों से गए (666)
अर्थ : सबकुछ लुट जाना, सर्वनाश हो जाना।

धनु के पंद्रह, मकर पच्चीस, चिल्ला जाड़ा दिन चालीस (667)
अर्थ : यह लोकोक्ति मौसम से संबंधित है। धनु राशि (23 नवंबर से 22 दिसंबर तक) के पंद्रह दिन और उसके बाद मकर राशि (23 दिसंबर से 22 जनवरी तक) के 25 दिन, इस तरह दिसंबर-जनवरी के चालीस दिन जाड़ा सर्वाधिक रहता है।

नक्कारखाने में तूती की आवाज (675)
अर्थ : शाब्दिक अर्थ है कि जहाँ नगाड़े बज रहे हों, वहाँ तूती की महीन आवाज नहीं सुनाई देती है। अर्थात् भीषण वाद-विवाद में कोई ज्ञान की बात नहीं सुनता।

नकल के लिए भी अकल चाहिए (677)
अर्थ : गलत काम करने के लिए भी अक्ल चाहिए।

नंगा क्या नहाय, क्या निचोड़े (680)
अर्थ : जिसके पास कुछ नहीं है, वह अपना गुजर-बसर कैसे करेगा।

नंगा सबसे चंगा (681)
अर्थ : जिसके पास कुछ भी गँवाने को नहीं है, वह सबसे ज्यादा खुश है।

नंगों को भूखों ने लूट लिया (682)
अर्थ : गरीबों को भूखों ने लूट लिया। अर्थात् भूख सबसे बड़ी लाचारी है।

न चढ़ेगा, न गिरेगा (683)
अर्थ : न ऊपर जाएगा, न गिरेगा। अर्थात् जो ऊपर चढ़ता है, उसी के गिरने की संभावना रहती है।

नजरों से गिर जाना (684)

अर्थ : सम्मान न रह जाना।

न तू कहे मेरी, न मैं कहूँ तेरी (686)

अर्थ : तुम मेरे राज छिपाए रखो और मैं तुम्हारे। अर्थात् एक-दूसरे की इज्जत बचाए रखना।

न नाम लेवा, न पानी देवा (688)

अर्थ : किसी के वंश में मृत्यु के पश्चात् न कोई नाम लेनेवाला रहा और न तर्पण का पानी देनेवाला। निर्वंश होने की स्थिति में इस मुहावरे का प्रयोग किया जाता है।

न बुरे की बुराई में, न भले की भलाई में (690)

अर्थ : गुट निरपेक्ष रहना, किसी तरफ न रहना।

नया मुल्ला, ज्यादा अल्ला-अल्ला करता है (691)

अर्थ : नए भक्त को भगवत भजन का शौक ज्यादा रहता है।

नए नवाब, आसमान पर दिमाग (696)

अर्थ : नए नवाब की शान बड़ी रहती है, उनका दिमाग भी ऊँचाई पर रहता है।

नवा नौ दिन, पुरान सौ दिन (699)

अर्थ : नई वस्तु ज्यादा देर नहीं चलती, जबकि जाँची-परखी पुरानी वस्तु टिकाऊ रहती है।

नादान (बंदर) की दोस्ती, जी का जंजाल (709)

अर्थ : नासमझ की दोस्ती परेशानी का कारण बनती है।

नाम बड़े, दर्शन थोड़े (711)

अर्थ : दिखावे में बहुत बड़े, पर वास्तव में उस अनुपात में बहुत कम।

नाम पीरों का, खाएँ मुजावर (712)

अर्थ : मुख्य पूजक के नाम पर पैरोकार धन-सामग्री उड़ाएँ। समकक्ष, 'थोर करैं भवानी, बहुत करैं पंडवा'।

निखट्टू की जोरू सदा नंगी (714)

अर्थ : कोई काम न करनेवाले व्यक्ति का परिवार सदा आर्थिक संकट में रहता है।

निगाहों में चढ़ जाना (715)

अर्थ : किसी की निगाहों में किसी के लिए सम्मान बढ़ जाना।

निंदक नियरे राखिए, आँगन कुटी छवाय (716)

अर्थ : यह लोकोक्ति कबीरदास की रचना है, जिसका अर्थ है कि आलोचक को सादर अपने पास रखिए, ताकि उसकी आलोचना से जीवन (लेखन) में परिष्कार आता रहे।

निरक्षर भट्टाचार्य (717)

अर्थ : अपढ़, अशिक्षित होना, पर पंडित कहलाना। जैसे 'उस गाँव में संस्कृत की पढ़ाई की सुविधा नहीं थी, पुरोहित लोग निरक्षर भट्टाचार्य थे'।

नींद सूली पर भी आ जाती है (718)

अर्थ : नींद आने पर आदमी कहीं पर भी सो जाता है। समकक्ष, 'प्रीत न जानै जात कुजात, नींद न जानै टूटी खाट'।

नीम हकीम खतराए जान (नीम मुल्ला खतराए ईमान) (719)

अर्थ : कम जानकर चिकित्सक जान के लिए खतरा है। इसी तरह कम जानकार मुल्ला ईमान के लिए खतरा है। मुहावरे का पहला भाग प्रायः प्रयोग में लाया जाता है।

नेकी और पूछ-पूछ (720)

अर्थ : यदि किसी की भलाई करनी हो, तो उससे पूछने की आवश्यकता नहीं है।

नैन मटक्का (722)

अर्थ : प्यार का खेल खेलना।

नौ कनौजी, ग्यारह चूल्हे (726)

अर्थ : यदि नौ कन्नौजी ब्राह्मण हैं, तो उनके ग्यारह चूल्हे होंगे। अर्थात् बुद्धिमान व्यक्तियों में मतमतांतर अधिक होता है। समकक्ष, संस्कृत में, 'मुंडे मुंडे मतर्भिन्ना: '।

नौकर के आगे चाकर, चाकर के आगे चूकर और चूकर के आगे पेशकार (727)

अर्थ : बड़े घरानों में प्राय: कई स्तर के सेवक-सेविकाएँ होते थे, यह मुहावरा इसी बात से संबंधित है।

नौकरी नित नई अच्छी (728)

अर्थ : नौकरी बदलते रहना लाभदायी है।

नौकरी बड़ी कीमिया है (729)

अर्थ : नौकरी में बड़े सामंजस्य (रासायनिक तारतम्य) की जरूरत होती है।

नौ दिन चलै अढ़ाई कोस (731)

अर्थ : बहुत धीमी गति से काम करना।

नौ दो ग्यारह होना (732)

अर्थ : भाग जाना, विलुप्त हो जाना।

नौ नगद न तेरह उधार (733)

अर्थ : नौ रुपए नकद मिलना ज्यादा अच्छा है, बजाय तेरह रुपए उधार मिलने के। अर्थात् तुरंत कार्य होना ज्यादा सही है, बजाय कुछ दिन बाद।

पगड़ी की लाज खुदा के हाथ (736)

अर्थ : व्यक्ति की इज्जत ईश्वर ही बचाता है।

पढ़े न लिखे, नाम ज्ञान चंद/नाम मुहम्मद फाजिल (741)

अर्थ : पढ़े-लिखे न होने के बावजूद उनका नाम विद्वानों के ऊपर रखा गया है। अर्थात् नाम और गुण विरोधाभासी होने की स्थिति में इस मुहावरे का प्रयोग किया जाता है।

पत्ता खड़का, बंदा सरका (743)

अर्थ : हलकी आवाज होते ही गुप्त कार्य करनेवाला व्यक्ति सुरक्षित स्थान के लिए भाग लेता है।

प्यादा से फर्जी भयो, टेढ़ो-टेढ़ो जाय (746)

अर्थ : शतरंज के खेल में जब प्यादा (सिपाही) को फर्जी (ऊँट) की जगह मिल जाती है तो वह टेढ़ा चलने लगता है। अर्थात् किसी को ऊँचे पद पर प्रोन्नति मिल जाने से वह घमंड के कारण उल्टे-सीधे काम करने लग जाता है।

पर उपदेश कुशल बहुतेरे (उपजैं बहुत रहें दिन थोरे) (748)

अर्थ : दूसरों को उपदेश देना बहुत आसान है। मुहावरे का दूसरा भाग वार्त्तालाप में अधिक प्रयोग किया जाता है, जिसका अर्थ है कि जो जल्दी-जल्दी उगता है, वह थोड़ी देर तक ही रहता है।

पर धन जोगवैं मूरखचंद (751)

अर्थ : दूसरे का धन अपने पास रखकर उसकी रक्षा करना मूर्खता है।

पराए बल पर खेला जुआ, आज न मुआ, कल मुआ (753)

अर्थ : इस लोकोक्ति का अर्थ है कि दूसरों के भरोसे पर जुआ खेलनेवाले का विनाश आज नहीं तो कल अवश्य होगा।

पाक रहो, बेबाक रहो (758)

अर्थ : सादगी से रहना और स्पष्टवादी रहना। किसी के झमेले में न पड़ना ही उचित है।

पानी पियै छानकर, गुरु करै जानकर (763)

अर्थ : इस लोकोक्ति का अर्थ है कि पानी छानकर पीना चाहिए और गुरु से दीक्षा जाँच-परख के बाद ही लेनी चाहिए।

पापी की नाव मझधार में डूबती है (765)

अर्थ : पापी को शुरू में सफलता मिल सकती है, पर कालांतर में उसे संकट का सामना करना ही पड़ता है।

पुरानी देगची पर कलई की फड़क (768)

अर्थ : वृद्ध होने पर भी शान-शौकत से रहना। समकक्ष, 'बूढ़ी घोड़ी, लाल लगाम'।

पूछते-पूछते मंजिल पर पहुँच जाते हैं (769)

अर्थ : पूछते-पूछते रास्ता मिल जाता है, समस्या का समाधान हो जाता है।

पूस काना ठूँस (772)

अर्थ : यह लोकोक्ति मौसम से संबंधित है। पूस (पौष) मास में काफी सर्दी होती है, ऐसे में कानों को मफलर से ढकना उपयुक्त होता है।

पैसा न कौड़ी, बजार जांय दौड़ी (776)

अर्थ : पास में पैसा नहीं और बाजार की तरफ भागे जा रहे हैं।

पोपले मुँह से हड्डी नहीं चबाई जाती (777)

अर्थ : बिना उचित साधन के किसी वस्तु का उपभोग नहीं किया जा सकता है।

पोल खुलना (778)

अर्थ : बाहरी दिखावा हट जाना, षड्यंत्र का पता लग जाना।

फकीर का कंबल ही दुशाला है (779)

अर्थ : गरीब आदमी का कंबल, अमीर आदमी के दुशाले के बराबर है, क्योंकि दोनों से सर्दी का बचाव होता है।

फूल वही, जो मंदिर में चढ़ें (783)
अर्थ : फूल की सार्थकता देवता के चरणों में अर्पित होने में है।

फूहड़ चले तो घर हिले (784)
अर्थ : बेशऊर औरत की धमा-चौकड़ी से घर हिलता है। अर्थात् औरत को शांतिपूर्वक रहना चाहिए।

बजार लगा नहीं, गलकटे आ पहुँचे (789)
अर्थ : किसी काम के शुरू होने से पहले ही उसके सुविधाभोगी के दावा करने पहुँच जाने की स्थिति में इस मुहावरे का प्रयोग किया जाता है। समकक्ष, 'गाँव बसा नहीं, कंगला पहिले पहुँचगे।

बड़े मियाँ तो बड़े मियाँ, छोटे मियाँ सुभान अल्ला (795)
अर्थ : बड़े मियाँ तो जैसे थे, छोटे मियाँ उनसे भी आगे निकले (विशेष रूप से अत्याचार के संदर्भ में)।

बड़े शहर का बड़ा चाँद (796)
अर्थ : बड़े शहर की सभी बातें बड़ी होती हैं (व्यंग्यात्मक भाव में)।

बड़ों की बड़ी-बड़ी बातें (797)
अर्थ : बड़े लोगों की बातें भी बड़ी (अतिशयोक्ति) होती हैं।

बद अच्छा, बदनाम बुरा (800)
अर्थ : बुराई का दोष बदनाम व्यक्ति पर आता है और प्राय: वास्तविक दोषी बच जाता है।

बरतन-से-बरतन खटक ही जाता है (815)
अर्थ : बड़े परिवार में सदस्यों के बीच कुछ नोंक-झोंक हो ही जाती है।

बरु भल बास नरक कै ताता, दुष्ट संग जनि देहि बिधाता। (816)
अर्थ : यह लोकोक्ति रामायण से ली गई है, जिसका अर्थ है कि दुष्ट व्यक्ति के साथ रहने से ज्यादा अच्छा है नर्क के दु:खों के साथ रहना।

बहती गंगा में हाथ-धोना (819)

अर्थ : किसी अन्य के हो रहे कार्य में अपना फायदा ढूँढ़ लेना। समकक्ष, 'अपना उल्लू सीधा करना'।

बहुत करीब, ज्यादा रकीब (821)

अर्थ : किसी से (विशेष रूप से उच्च अधिकारी से) नजदीकियाँ बढ़ जाने पर ज्यादा प्रतियोगी हो जाते हैं।

बहुतै जोगी, मठ उजाड़ (822)

अर्थ : किसी संगठन में बहुत से मत-मतांतर के लोग हो जाएँ, तो वह उजड़ जाता है (बौद्ध मठों के उजड़ने का एक कारण)।

बहुमत, तिरियामत, बालमत, बिन नरेश का देश (823)

अर्थ : यह पुरानी विचारधारा की लोकोक्ति है, जिसका अर्थ है कि जहाँ बहुत से मत हों, स्त्रियों तथा बालकों की बात मानी जाती हो और राज्य का कोई राजा (संरक्षक) न हो तो, ऐसे राज्य का विनाश अवश्यंभावी है।

बात कही, पराई हुई (828)

अर्थ : कही हुई बात अपने से बाहर हो जाती है।

बात पर बात याद आती है (829)

अर्थ : बात से बात निकलती है, विचार-विमर्श से नई बातों का पता चलता है।

बातें बनाना (830)

अर्थ : बहानेबाजी करना, मनगढ़ंत बातें करना।

बाद मुहर्रम या हुसैन (831)

अर्थ : मुहर्रम के बाद या हुसैन का नारा लगाना अजीब है। अर्थात् उपयुक्त अवसर के निकल जाने के बाद किसी काम को पूरा करने का प्रयत्न करना।

बारा पत्थर बाहर (842)

अर्थ : स्पष्ट रूप से अलग रखना (जमीन को स्पष्ट रूप से चिह्नित करने के लिए पत्थर रखे जाते थे)।

बासी फूलों की बास क्या, दूर गए की आस क्या (848)

अर्थ : जिस तरह बासी फूलों में खुशबू नहीं रह जाती है, उसी तरह दूर चले जानेवाले व्यक्ति से कोई आशा नहीं की जा सकती है।

बिछल परै तौ हर गंगा (851)

अर्थ : फिसलकर गिर पड़े, तो कहा कि गंगाजी में नहा रहे हैं। अर्थात् गलती होने पर उसको उचित ठहराना।

बिन परछे, परतीत नहीं (852)

अर्थ : बिना परखे विश्वास (भरोसा) नहीं होता है।

बिन माँगे मोती मिलै, माँगे मिलै न भीख (853)

अर्थ : माँगना निकृष्ट कार्य है, माँगने से कुछ नहीं मिलता, जबकि बिना माँगे बहुमूल्य वस्तु भी मिल जाती है।

बिना आग के धुआँ नहीं होता (854)

अर्थ : बिना किसी कारक के लक्षण उत्पन्न नहीं होता।

बिना लक्ष्मी, स्वागत कौन करे (856)

अर्थ : गृहिणी और धन के बिना स्वागत कैसे किया जाए।

बिस्मिल्लाह ही गलत (865)

अर्थ : कार्य के आरंभ में ही गलती हो जाना (समकक्ष, संस्कृत में, 'प्रथम ग्रासे मच्छिका पाते')।

बीड़ा उठाना (866)

अर्थ : किसी कार्य को करने का संकल्प करना।

बीती ताहि बिसार दे, आगे की सुधि लेय (867)

अर्थ : जो बीत गया, उसे भूल जाना बेहतर है और भविष्य की चिंता करनी चाहिए।

बुढ़िया मरी तो मरी, फरिश्तों ने घर देख लिया (871)

अर्थ : एक गलत काम हो जाने के बाद लोग इस संदर्भ से घर की पहचान करेंगे।

बुरे का कोई साथी नहीं (873)

अर्थ : खराब समय में कोई साथ नहीं देता है।

बुरे काम का बुरा नतीजा (874)

अर्थ : बुरे काम का परिणाम भी बुरा ही होता है।

बेड़ा पार लगना (880)

अर्थ : कार्य संपन्न होना। जैसे 'सेठजी की मदद से लड़की की शादी हो गई और मेरा बेड़ा पार हो गया'।

बोले सो मारा जाय (888)

अर्थ : जो विरोध करेगा, वह मारा जाएगा। समकक्ष, पंजाबी में, 'बोले सो बुवा खोले'।

बोहनी न बट्टा, हरामखोर एकट्ठा (889)

अर्थ : किसी काम की शुरुवात हुई नहीं, मुफ्त में खानेवाले मँडराने लगे।

भनक न लगना (891)

अर्थ : पता न चल पाना। जैसे 'पड़ोस में इतनी बड़ी दुर्घटना हो गई, पर किसी को भनक न लगी'।

भले का जमाना नहीं (895)

अर्थ : जमाना इतना खराब हो चुका है कि किसी की भलाई करने पर भी लोग उसका एहसान नहीं मानते।

भले मारयो, हम रोवांसेन रहिन (896)

अर्थ : शाब्दिक अर्थ है कि अच्छा किया तुमने मारा, क्योंकि हम रोना ही चाहते थे। किसी के कार्य द्वारा अपनी कार्यसिद्धि का बहाना मिलना।

भागते भूत/चोर की लंगोटी ही सही (898)

अर्थ : पलायमान स्थिति में थोड़ा-बहुत भी हाथ लग जाए तो गनीमत समझना चाहिए।

भूखे को क्या रूखा, क्या सूखा (903)

अर्थ : भूखे के लिए रूखा-सूखा जो मिल जाए, वही अच्छा है, भोजन के स्वाद और गुणवत्ता पर ध्यान नहीं जाता।

मतलब निकला, निगाह बदली (910)

अर्थ : स्वार्थ सिद्ध हो जाने के बाद लोग मेल-मिलाप कम कर देते हैं।

मन के हारे हार है, मन के जीते जीत (911)

अर्थ : हार और जीत मन के दृढ निश्चय के कारण होती है।

मन मानी घर जानी (915)

अर्थ : अपने मन के अनुसार कार्य करना। मनमौजी होना।

मन सच्चा तो सब सच्चा (918)

अर्थ : साफ मनवाले व्यक्ति को सभी सच्चे दिखते हैं।

मर गया मरदूद, फातिहा न दुरूद (920)

अर्थ : दुष्ट आदमी के मर जाने पर सब राहत की साँस लेते हैं, उसके अंतिम संस्कार में किसी की रुचि नहीं होती।

मरता क्या न करता (921)

अर्थ : मजबूर आदमी कुछ भी करने को तैयार रहता है।

मर्द मरे नाम को, नामर्द मरे नान को (922)

अर्थ : मर्द अपने नाम को बचाने का प्रयत्न करता है, जबकि नामर्द (गरीब) व्यक्ति को सिर्फ रोटी की फिक्र रहती है।

मरने से क्या डरना (923)

अर्थ : मरना निश्चित है, अतः मरने से डरने की आवश्यकता नहीं है।

मरे के पीछे सून (925)

अर्थ : मरने के बाद मृतक के परिवार में खाली-खाली सा लगता है, सन्नाटा छा जाता है।

मरे जाएँ, मल्हार गावैं (926)

अर्थ : विपन्नता की स्थिति में भी लोग अपना व्यसन नहीं छोड़ते।

मरे पर सौ कोड़े (927)

अर्थ : मरने के बाद सजा देने का कोई अर्थ नहीं होता है। अर्थात् कार्य समाप्त हो जाने के बाद उसपर क्रोध करना व्यर्थ है।

माघ तिलै तिल बाढ़े, फागुन दीदा काढ़े (931)

अर्थ : यह लोकोक्ति मौसम से संबंधित है। माघ महीने से दिन थोड़ा-थोड़ा बढ़ने लगता है, फागुन महीने में दिन बड़ा होता है और धूप आँखें तरेरती है। अर्थात् फागुन में धूप असहनीय होने लगती है।

मान न मान, मैं तेरा मेहमान (938)

अर्थ : बिन बुलाए मेहमान की तरह आना।

मानै तो ईश्वर, नहीं पत्थर (939)

अर्थ : पत्थर को ईश्वर मानकर उसकी पूजा की जाती है और यदि विश्वास नहीं, तो वह एक पत्थर का टुकड़ा ही है।

मार के आगे भूत भागता है (942)

अर्थ : मारने से दुष्ट व्यक्ति की दुष्टता भाग जाती है। अर्थात् प्रताड़णा से सुधार आने की संभावना रहती है।

मारनेवाले से बचानेवाला बड़ा है (944)

अर्थ : ईश्वर सबकी रक्षा करता है, वह मारनेवाले से बड़ा है।

माल की खातिर, पहाड़ उठाते हैं (946)

अर्थ : पैसे के लिए लोग बड़े-से-बड़ा मेहनत का काम करते हैं।

माले मुफ्त, दिले बेरहम (947)

अर्थ : मुफ्त में मिले हुए सामान का उपयोग लोग बड़ी बेरहमी से करते हैं।

मिल-जुल कीजै काज, जीते हारे आवै न लाज (955)

अर्थ : सहयोग से सब काम बन जाते हैं और बिगड़ने की स्थिति में किसी एक पर उसका दायित्व नहीं आता है।

मीठा-मीठा गप, कड़ुआ-कड़ुआ थू (956)

अर्थ : जो बात अच्छी लगे, उसे मान लेना, पर जो बात अच्छी न लगे, उसे नकार देना।

मीन-मेख ना निकारौ (957)

अर्थ : ज्योतिष में मीन अंतिम राशि है और मेष प्रथम राशि है, काल गणना में इसका महत्त्व है। इसी तरह किसी घटना या प्रबंध की गुण-दोष के आधार पर विवेचना, मीन-मेख निकालना कहलाता है। यह मुहावरा विशेष रूप से दोष निकालने के लिए प्रयुक्त होता है।

मुखौटा लगाना (958)

अर्थ : अंदर से कुछ और, बाहर से कुछ और दिखना।

मुद्दई सुस्त, गवाह चुस्त (959)

अर्थ : मुख्य कार्यकर्ता अनिच्छुक तथा अन्य लोगों के क्रियाशील होने पर इस मुहावरे का प्रयोग किया जाता है।

मुफ्त का चंदन, घिस मेरे लल्लू (960)

अर्थ : मुफ्त का माल उड़ाना; दूसरे की वस्तु को अपने उपयोग में लाना।

मुफ्त की शराब, काजी को हलाल (961)

अर्थ : जो सामान मुफ्त में मिलता है, उसे पाने के लिए लोग अपने नियम में सुविधानुसार बदलाव कर लेते हैं।

मुफलिस की जवानी, जाड़े की चाँदनी (962)

अर्थ : जाड़े की चाँदनी का कोई आनंद नहीं उठा पाता, क्योंकि लोग लिहाफ के बाहर नहीं आते। उसी तरह गरीब गरीबी के कारण अपनी जवानी का आनंद नहीं उठा पाता।

मुये का कोई नाम नहीं लेता, जीते का सब कोई (963)

अर्थ : सभी जीते के साथी हैं, मृत व्यक्ति को कोई याद नहीं करता।

मुर्दा गाड़ौ, आगे बढ़ौ (968)

अर्थ : पिछली बात को भूलकर आगे बढ़ना। समकक्ष, 'बीती ताहि बिसारि दे, आगे की सुधि लेय'।

मुर्दा जन्नत में जाय या जहन्नुम में, मुल्ला को हलवे मांडे से काम (969)

अर्थ : मुर्दा कहीं भी जाए, मुल्ला को अपने हलवे और मांडे (मालपुआ) से मतलब रहता है।

मुर्दे पर जैसी सौ मन मिट्टी, वैसी हजार मन मिट्टी (970)

अर्थ : जब आदमी मर ही गया है तो उसपर कितनी भी मिट्टी डाली जाए, कोई फर्क नहीं पड़ता। समकक्ष, 'जैसे सत्यानाश, वैसे साढ़े सत्यानाश'।

मुल्ला की दौड़ मसजिद तक (971)
अर्थ : किसी व्यक्ति द्वारा एक ही स्थान पर बार-बार जाते रहना।

मुल्ला की मारी हलाल है (972)
अर्थ : यह विरोधाभास ही है कि भगवान् की मारी हुई (मरी हुई) मुरगी नहीं खाते, पर मुल्ला द्वारा मारी गई मुरगी खाते हैं।

मुलाहजे की जगह मुलाहजा किया जाता है (973)
अर्थ : दया वहाँ की जाती है, जहाँ दया करने की गुंजाइश (संभावना) रहती है।

मूरी का आपन पात भारी (986)
अर्थ : शाब्दिक अर्थ, मूली को अपने पत्ते ही भारी लगते हैं। इस मुहावरे का प्रयोग उस व्यक्ति के लिए करते हैं, जिसे अपने उत्तरदायित्व ही निभाना मुश्किल या भारी पड़ रहा हो।

मूल से ब्याज प्यारा (987)
अर्थ : मूलधन से ब्याज ज्यादा अच्छा लगता है, क्योंकि वह बराबर मिलता रहता है। भावार्थ, नाती या पोते अपनी संतान से अधिक प्रिय होते हैं।

मेले में झमेला हुआ ही करता है (989)
अर्थ : मेला में कहा-सुनी, गाली-गलौज, मार-पीट आदि होता रहता है।

मेहनत को राहत है (991)
अर्थ : मेहनत करने से धन मिलता है, साथ ही थकान के कारण अच्छी नींद आती है, जिससे आराम मिलता है।

मेहमान और बुखार को खाना नहीं दो तो फिर नहीं आते (993)
अर्थ : अतिथि और बुखार (मियादी बुखार में विशेषत:) में खाना नहीं देने से दोनों दुबारा नहीं आते।

मोरी की ईंटें, चौबारे चढ़ीं (996)

अर्थ : नाली की ईंटों से चबूतरा बनाना। अर्थात् समाज में नीचे से ऊपर की ओर बढ़ने की स्थिति में इस मुहावरे का प्रयोग किया जाता है।

यकीन बड़ा रहबर है (997)

अर्थ : विश्वास सबसे बड़ा मार्गदर्शक है। अर्थात् विश्वास के बल पर बड़ी-बड़ी मुश्किलों का सामना किया जा सकता है।

यार जिंदा, सोहबत बाकी (1001)

अर्थ : दोस्त सलामत रहे और उसका साथ मिलता रहे, ऐसी शुभकामना है।

रंग उड़ जाना (1002)

अर्थ : डर जाना। जैसे 'शेर को देखकर उनके चेहरे का रंग उड़ गया'।

रहिमन धागा प्रेम का, मत तोड़ो चटकाय। टूटे से फिर ना जुरै, जुरै गाँठ पर जाय।। (1007)

अर्थ : रहीमजी की इस लोकोक्ति का अर्थ यह है कि प्रेम का बंधन बहुत नाजुक होता है, इसे सँभालकर रखना चाहिए। यदि एक बार टूट जाता है तो फिर नहीं जुड़ता है और यदि जुड़ता भी है तो इस रिश्ते में गाँठ पड़ जाती है।

राजा किसके यार, जोगी किसके मीत (1011)

अर्थ : धनाढ्य व्यक्ति किसी के मित्र नहीं होते (उनकी मित्रता पैसे के लिए होती है)। इसी प्रकार योगी व्यक्ति किसी से राग द्वेष नहीं रखता।

राजा के घर मोतियों का काल (1012)

अर्थ : संपन्न व्यक्ति के यहाँ मोती जैसी छोटी वस्तुओं का अभाव नहीं रहता।

राजा छुए रानी (1013)

अर्थ : राजा जिसे स्वीकार कर ले, वही रानी, भले वह सुंदर न हो।

राजा हुए तो क्या, वही जाट के जाट (1014)
अर्थ : राजा या बड़ा पद मिल जाने से भी व्यक्ति के मूल गुण वही रहते हैं।

राजा होकर चोरी करै, तो नियाव कौन करे (1015)
अर्थ : यदि राजा (मालिक) स्वयं ही चोरी करने लगे तो न्याय कौन करेगा।

राजा होबो खाबो का (1016)
अर्थ : शाब्दिक अर्थ यह है कि राजा होकर वह क्या खाएँगे (जो मन में आएगा, वह खाएँगे), उनके लिए सभी कुछ उपलब्ध है, किसी बात का बंधन नहीं है। अर्थात् संपन्न व्यक्ति मनमर्जी कर सकते हैं।

राँड़, साँड़, सीढ़ी, संन्यासी, इनसे बचै तो सेवै कासी (1017)
अर्थ : इस लोकोक्ति का अर्थ है कि वाराणसी में विधवाएँ, साँड़, घाट की सीढ़ियाँ तथा साधु-संन्यासी बहुतायत से रहते हैं। इनसे बचाव करना चाहिए, तभी काशी में रहने का सुख (पुण्य) मिल सकता है।

रात गई, बात गई (1018)
अर्थ : रात बीतने के बाद सारे वादे भूल जाना।

रानी रूठेगी अपना सोहाग लेगी, क्या किसी का भाग लेगी (1019)
अर्थ : यदि कोई व्यक्ति रूठता है तो उसके अपने घरवाले ही प्रभावित होंगे, वह किसी दूसरे का भाग्य नहीं बदल सकता है।

रानों गावैं आन, भावानों गावैं आन (1020)
अर्थ : कोई अपनी बात कहता है तो कोई दूसरी बात।

राम बाण (1021)
अर्थ : निश्चित रूप से असर करनेवाला, जैसे राम के बाण निशाने पर अचूक लगते थे।

राम-राम जपना, पराया माल अपना (1023)

अर्थ : बाहर से धार्मिक दिखना, पर दूसरों का माल हड़पने के मंसूबे बनाना। समकक्ष, उर्दू में 'माले मुफ्त दिले बेरहम'।

रायता फैलाना (1024)

अर्थ : अनियंत्रित स्थिति पैदा करना।

रियासत बेसियासत नहीं होती (1025)

अर्थ : जागीर या बड़ा पद पाने के लिए राजनीति करनी ही पड़ती है।

रुपया परखै बार-बार, आदमी परखै एक बार (1028)

अर्थ : चाँदी के रुपए को बार-बार ठनकाकर देखना होता है कि वह खोटा तो नहीं, पर आदमी परखने के लिए एक अवसर काफी है।

रुपए को रुपया कमाता है (1031)

अर्थ : पूँजी लगाने से ही धनागम में वृद्धि होती है।

रूठे को मनाएँ, फटे को सिलाएँ (1032)

अर्थ : रूठे व्यक्ति को मना लेना चाहिए, इसी तरह फटे कपड़े को तुरंत ही सिला लेना चाहिए। कवि रहीम का दोहा इस संबंध में दृष्टव्य है, 'रहिमन सुजन मनाइए जो रूठें सौ बार, माला पुनि-पुनि पोहिए टूटें मुक्ता हार'।

रूप रोवै, भाग खाए (1036)

अर्थ : रूपवान् स्त्री कष्ट में रो सकती है, पर भाग्यवान् स्त्री सुखी और संपन्न। अर्थात् भाग्य प्रबल है।

रोग का घर खाँसी, लड़ाई का घर हाँसी (1037)

अर्थ : जिस तरह खाँसी से अनेक रोग पनपते हैं, उसी तरह व्यंग्य या हँसी-मजाक के कारण लड़ाई या मनमुटाव की स्थिति पैदा होती है।

रोजा माफ कराने गए, नमाज गले पड़ी (1038)

अर्थ : शाब्दिक अर्थ है कि रोजे माफ कराने गए थे, पर मौलवी ने बदले में पचास नमाज और करने को कह दिया। अर्थात् एक समस्या का समाधान करने का प्रयत्न करने पर दूसरी समस्या आ जाए तो ऐसी स्थिति में इस मुहावरे का प्रयोग करते हैं।

लगन लगी है, खुदा रास लाए (1044)

अर्थ : प्यार हो गया है, ईश्वर विवाह की मंजिल तक पहुँचने में सफलता दे।

लगा तो तीर, नहीं तुक्का (1045)

अर्थ : यदि कोई बात सटीक बैठ गई तो ठीक है, नहीं तो मजाक है।

लगी बुरी होती है (1046)

अर्थ : आशनाई (शरीर के प्रति आकर्षण) का परिणाम खराब होता है।

लगे दम, मिटे गम (1047)

अर्थ : चिलम की दम लगाते ही सभी दु:ख मिट जाते हैं (लेखक इस विचार से सहमत नहीं है)।

लगे रगड़ा, मिटे झगड़ा (1048)

अर्थ : गले मिलने (रगड़ने) से सभी झगड़े समाप्त हो जाते हैं।

लजाई मरै, ढिठाई जियै (1049)

अर्थ : शरमानेवाला व्यक्ति भूखों मरता है, जबकि बेतकल्लुफ लोग चैन से खाते-पीते रहते हैं।

लड़का बगल माँ, ढिंढोरा शहर माँ (1050)

अर्थ : किसी वस्तु के आस-पास होने पर भी व्यर्थ में चारों ओर ढूँढ़ने के लिए शोर मचाना। समकक्ष, 'कौवा नाक ले गया'।

लड़ाई में फूल नहीं झड़ते (1053)
अर्थ : लड़ाई-झगड़े में गाली-गलौज होती है, फूल नहीं बरसते।

लड़ाई में लड्डू नहीं बँटते (1054)
अर्थ : लड़ाई-झगड़े में मार-पीट होती है, लड्डू नहीं बँटते।

लड़ैतों के पीछे, भागतों के आगे (1055)
अर्थ : कायर लोग लड़नेवालों के पीछे और भागनेवालों के आगे रहते हैं।

लंतरानी/लतीनी हाँकना (1056)
अर्थ : अतिशयोक्तिपूर्ण काल्पनिक कहानी द्वारा किसी घटना का विस्तृत वर्णन करना। लतीनी शब्द संभवतः लैटिन का अपभ्रंश है, पर अर्थ वही है, अर्थात् बढ़-चढ़कर बात करना।

लल्लू और जगधर (1058)
अर्थ : सामान्य लोगों की तरह। जैसे 'यह काम लल्लू या जगधर कोई भी कर सकता है'। समकक्ष, अंग्रेजी में 'टॉम, डिक और हैरी'।

लाग लगी, तब लाज कहाँ (1060)
अर्थ : जब एक बार किसी से प्यार हो जाता है तो सारी लज्जा दूर हो जाती है।

लाचारी पर्वत से भारी (1061)
अर्थ : बेबसी बहुत भारी होती है।

लाद दे, लदा दे और घर तक पहुँचा दे (1065)
अर्थ : कुछ सहायता करने के बाद लोग और भी सहायता की आशा रखने लगते हैं।

लालच बुरी बलाय (1066)
अर्थ : लालच करने से हमेशा नुकसान उठाना पड़ता है। यह मुहावरा एक

दोहे का अंश है। पूरा दोहा इस प्रकार है, 'मक्खी बैठी शहद पर, पंख लिये लपटाय। हाथ मले औ सिर धुनै, लालच बुरी बलाय।।'

लाल बुझक्कड़ बनना (1067)

अर्थ : दिखावटी विशेषज्ञ बनना। जैसे 'लाल बुझक्कड़ मत बनिए, इस समस्या का तार्किक समाधान बताइए'।

लिखैं मूसा, पढ़ैं खुदा (1068)

अर्थ : मूसा का लिखा हुआ खुदा ही पढ़ सकता है।

लेना न देना, जबानी जमा खर्च (1069)

अर्थ : केवल बातचीत ही करना, कार्यान्वित न करना।

लोभ बराबर खोट नहीं (1072)

अर्थ : लालच से बड़ा कोई दूसरा दोष नहीं।

लोहा लोहे को काटता है (1073)

अर्थ : बदमाश आदमी को बदमाश ही ठीक करता है।

वह दिन गए, जब पसीना गुलाब था (1075)

अर्थ : जवानी के दिन गए, जब पसीने में महक थी।

वहम की दवा लुकमान के पास भी नहीं (1076)

अर्थ : शक का कोई इलाज नहीं।

विनाश काले विपरीत बुद्धि (1078)

अर्थ : जब काम खराब होना होता है, तो विचारधारा भी गलत होने लगती है।

शकल चुड़ैलों की, मिजाज परियों का (1081)

अर्थ : देखने में असुंदर, पर नखरे परियों जैसे।

शिकारी शिकार करैं, अहमक साथ फिरैं (1085)

अर्थ : शिकारी अपना काम करता रहता है, पर साथ जानेवाले मूर्खों की तरह घूमते रहते हैं।

संगत ही गुन होत हैं, संगत ही गुन जांय (1088)

अर्थ : अच्छे और बुरे गुण संगत के प्रभाव के कारण ही आते और जाते हैं।

सच बोलना, आधी लड़ाई मोल लेना (1089)

अर्थ : सच बोलना किसी को रास नहीं आता, अतः लड़ाई की संभावना रहती है।

सच्ची बात जो कहे, सबके दिल से उतरा रहे (1090)

अर्थ : सच बात कड़वी होती है, अतः अधिकतर लोग सच कहनेवाले को पसंद नहीं करते।

सब जीते जी का बखेड़ा (1095)

अर्थ : जिंदा रहने पर ही सभी समस्याएँ रहती हैं।

सब दिन चंगे, त्योहार के दिन नंगे (1096)

अर्थ : सब दिन अच्छी तरह रहना, पर त्योहार के दिन कंजूसी दिखाना।

सबसे भली चुप (1100)

अर्थ : चुप रहना अधिकतर लाभकारी होता है। समकक्ष, 'एक चुप सौ को हरावै'।

सलाह के लिए बुड्ढे, लड़ने के लिए जवान (1105)

अर्थ : परामर्श के लिए अनुभवी व्यक्ति और जोर अजमाइश के लिए जवान व्यक्ति होने चाहिए।

सस्ता रोवै बार-बार, महँगा रोवै एक बार (1106)

अर्थ : जल्दी खराब होनेवाली सस्ती चीज के मुकाबले महँगी, पर टिकाऊ चीज खरीदना अच्छा है।

साँच कहे तो मारा जाय, झूठ कहे तो लड्डू खाय (1109)

अर्थ : सच बात कहनेवाले की फजीहत होती है, जबकि झूठ बोलने या चापलूसी करनेवाले को लोग पसंद करते हैं।

साँच को आँच नहीं (1110)

अर्थ : सच बोलनेवाले को किसी कष्ट का डर नहीं होता है।

साठा तौ पाठा (1112)

अर्थ : साठ साल की आयु हो जाने पर परिपक्वता आती है और शक्ति भी बनी रहती है।

सात समंदर पार (1113)

अर्थ : बहुत दूर रहना।

साहब सलामत, गरज की (1130)

अर्थ : अफसर के यहाँ शिष्टाचार की उपस्थिति स्वार्थ के कारण ही होती है।

श्री गणेश करना (1136)

अर्थ : किसी कार्य का शुभारंभ करना।

सुनौ सबकी, करौ मन की (1138)

अर्थ : सभी के विचार जानने चाहिए, पर काम अपनी सुविधा के अनुसार ही करना चाहिए।

सुबह का भूला शाम को आए तो उसे भूला नहीं कहते (1139)

अर्थ : यदि कोई व्यक्ति अपनी गलती का जल्दी सुधार कर ले तो उसे गलत नहीं कहा जाता।

सूम का धन शैतान खाय (1142)

अर्थ : कंजूस आदमी का धन अंततः दूसरे लोग ही उपयोग करते हैं।

सूरज पर खाक डालकर छुपाया नहीं जाता (1147)

अर्थ : किसी स्पष्ट घटना को बहाने बनाकर छिपाया नहीं जा सकता है।

सेर का सवा सेर (1150)

अर्थ : किसी दुष्ट आदमी को उससे बड़ा दुष्ट मिल जाना।

सोने से गढ़ाई महँगी (1154)

अर्थ : सोने के दाम से ज्यादा उसके गहने की बनवाई महँगी होती है। अर्थात् मुख्य सामग्री से ज्यादा उसके तैयार माल बनाने में मेहनत लगना। समकक्ष, 'नौ की लकड़ी, नब्बे खर्च'।

सौ दोस्त, सौ दुश्मन (1159)

अर्थ : जिस व्यक्ति के बहुत से दोस्त होते हैं, उसके बहुत से दुश्मन भी हो जाते हैं। अर्थात् लोकप्रिय व्यक्ति के दुश्मन अधिक होते हैं।

सौ बात की एक बात (1160)

अर्थ : तमाम बातों का सारांश। जैसे 'सौ बात की एक बात यह है कि अब तुम्हें कुछ कठोर कदम उठाने ही पड़ेंगे'।

सौ सयाने एक मत नहीं हो सकते (1161)

अर्थ : बुद्धिमान व्यक्तियों का एक मत होना प्राय: संभव नहीं होता।

हमार तुम्हार कौन साथ, तुम कातिक हम बैसाख (1164)

अर्थ : मेरा स्वभाव शरद ऋतु के कार्तिक मास जैसा नरम है और तुम्हारा स्वभाव ग्रीष्म ऋतु के बैशाख मास जैसा गरम है, अत: नरम और गरम स्वभाव वाले व्यक्ति एक साथ नहीं चल सकते। इस लोकोक्ति का यही अर्थ है।

हराम का माल, गले में अटके (1165)

अर्थ : अधार्मिक विधि से अर्जित सामग्री स्वीकार नहीं की जा सकती है।

हर्रे लगे न फिटकिरी, रंग चोखा होय (1166)

अर्थ : किसी कार्य को करने में मुख्य घटक न होने पर भी अच्छे परिणाम की आशा रखना।

हवन करते हाथ जलना (1167)

अर्थ : कोई अच्छा कार्य करते हुए कष्ट पाना।

हवा न लगना (1168)

अर्थ : पता न चलना, गुप्त रखना। जैसे 'मेहमान आए और चले गए, पर हवा न लगने दी'।

हवा लगना (1169)

अर्थ : किसी विचारधारा को अपनाना या नकल करना। जैसे 'उसे शहर की हवा लग गई है, तभी तो जींस पहनकर घूमता है'।

हंसुवा ठग (1170)

अर्थ : मीठी-मीठी बातें करके ठगनेवाला।

हिम्मते मर्दां, मददे खुदा (1182)

अर्थ : यदि कोई व्यक्ति हिम्मत करता है तो ईश्वर उसकी मदद करता है।

हिल्ले रोजी, बहाने मौत (1183)

अर्थ : किसी के संदर्भ से नौकरी या रोजगार मिलता है और किसी-न-किसी बहाने से मौत आती है।

हिसाब कौड़ी का, बख्शीश लाखों की (1184)

अर्थ : हिसाब करते समय कौड़ियों का खयाल रखना, पर बख्शीश देते समय लाखों लुटा देना।

हौज भरैं, तो फव्वारा छूटै (1188)

अर्थ : जब घर सामान से भरा हो, तभी दूसरों को दिया जा सकता है।

□

मुहावरे एवं लोकोक्तियों की सारणी

इस अनुक्रमणिका में मुहावरे एवं लोकोक्तियों को अक्षरों के आधार पर रखा गया है। पहले स्वर (अ से औ तक, अं और अः को छोड़कर) उसके बाद व्यंजन (क से ज्ञ तक)। व्यंजन अक्षरों में मात्राओं, यथा क, का, कि,⋯कौ, आदि के क्रमानुसार रखा गया है। अं की मात्रा में, अनुस्वार (यथा, हंस—हँसना, लघु स्वर) तथा अनुनासिक (यथा, हंस—पक्षी, दीर्घ स्वर) की मात्राओं की वर्तनियों में समरसता न होने के कारण इन्हें छोड़ दिया गया है, जैसे आँगन को आगन और आँख को आख जैसा मानकर इस अनुक्रमणिका में संगृहीत किया गया है। आशा है, इस आधार पर मुहावरे ढूँढ़ने में समस्या न होगी।

1. अकल के दुश्मन
2. अकल के पीछे लाठी लेकर घूमना
3. अकल घास चरने गई
4. अकल बड़ी या भैंस
5. अकल बढ़े सोच से, रोटी बढ़े लोच से
6. अकलमंद को इशारा काफी है
7. अकल से पैदल
8. अकेल लकड़ी कहाँ तक जलै
9. अकेला चना भाड़ नहीं फोड़ सकता
10. अंगद का पैर होना
11. अगले हुए पिछले, पिछले हुए परधान
12. अगहर खेती अगहर मार

13. अंगूर खट्टे हैं
14. अजगर करै न चाकरी, पंछी करै न काम। दास मलूका कह गए, सबके दाता राम।।
15. अड़ियल टट्टू
16. अंडे सेवैं फाख्ता, कौवे मेवा खाएँ
17. अढ़ाई चावल अलग पकाना
18. अंत भला सो भला
19. अध जल गगरी, छलकत जाय
20. अंधरा बाँटै रेवड़ी, अपनों को ही देय
21. अंधरे के आगे रोवै, आपन दीदा खोवै
22. अंधा क्या जाने लाले की बहार
23. अंधा बटे रस्सी, पीछे बछड़ा खाय
24. अंधे का रात-दिन बराबर
25. अंधे की लकड़ी
26. अंधे के हाथ बटेर
27. अंधे को अंधा क्या रास्ता बताएगा
28. अंधे को क्या चाहिए, दो आँखें
29. अँधेर नगरी, चौपट राजा। टका सेर भाजी, टका सेर खाजा।।
30. अंधों में काना राजा
31. अनजाना गोड़ देखिन कहिन मौसी पाय लागी
32. अनदेखा चोर, साह बराबर
33. अनहोनी होती नहीं, होनी होवनहार
34. अपना उल्लू सीधा करना
35. अपना तन तो पहले ढको, फिर दूसरों को नंगा कहो
36. अपना पेट तो कुत्ता भी पाल लेता है
37. अपना हाथ जगन्नाथ (अपना तोशा, अपना भरोसा)
38. अपनी अकल और पराई दौलत ज्यादा मालूम होती है
39. अपनी अकल और पराई लुगाई ज्यादा अच्छी लगती है
40. अपनी करनी, अपनी भरनी
41. अपनी करनी, पार उतरनी

42. अपनी गरज से गधे को बाप बनाना
43. अपनी गली में कुत्ता भी शेर हो जाता है
44. अपनी गाँठ न हो पैसा, तो पराए का आसरा कैसा
45. अपनी चिलम भरने को और का झोंपड़ा फूँकना
46. अपनी डफली, अपना राग
47. अपने किए का क्या इलाज
48. अपने मट्ठे को कौन खट्टा कहता है
49. अपने मरे स्वर्ग देखना
50. अपने मुँह मियाँ मिट्ठू बनना
51. अब खाई तो खाई, आगे राम दुहाई
52. अब दिल्ली दूर नहीं
53. अब पछताए होत का, जब चिड़िया चुग गईं खेत
54. अमानत में खयानत तो जमीन भी नहीं करती
55. अमीरी और फकीरी की बू चालीस बरस तक नहीं जाती
56. अलबेली ने पकाई खीर, दूध की जगह डाला नीर
57. अल्लाह का दिया सिर पर
58. अल्लाह की लाठी में आवाज नहीं
59. आओ जाओ घर तुम्हारा, खाना माँगे दुश्मन हमारा
60. आँख ओट, पहाड़ ओट
61. आँख का तारा
62. आँख का पानी मरना
63. आँख की किरकिरी
64. आँख के अंधे, गाँठ के पूरे
65. आँख के अंधे, नाम नयनसुख
66. आँख के आगे नाक, सूझै क्या खाक
67. आँख चुराना
68. आँख चूकी, माल गायब (आँख बची और माल यारों का)
69. आँख टेढ़ी करना
70. आँख दिखाना
71. आँख न दीदा, काढ़ैं कसीदा

72. आँख नहीं जिसकी, साख नहीं उसकी
73. आँख भर आना
74. आँख मिचौली खेलना
75. आँख मिलाना
76. आँख से ओझल होना
77. आँखी एकौ नहीं, कजरौटा नौ नौ
78. आँखें फटी रह जाना
79. आँखें फाड़-फाड़कर देखना
80. आँखें लाल करना
81. आँखें हुईं ओट, दिल में आई खोट
82. आँखे हुईं चार, दिल में आया प्यार
83. आँखों देखा जाने दे, भलेमानुस का कहा मान ले
84. आँखों देखी मक्खी नहीं निगली जाती
85. आँखों से सुरमा चुराना
86. आग का जला, आग से ही अच्छा होता है
87. आग के आगे सब भसम है
88. आग खाएगा, तो अंगारे हगेगा
89. आग खाए मुँह जले, उधार खाए पेट जले
90. आग जाने, लोहार जाने, धौंकनेवाले की बला जाने
91. आग लगा के, जमालो दूर खड़ी
92. आगे कुवाँ, पीछे खाई
93. आगे नाथ न पीछे पगहा
94. आगे-पीछे सब चल बसेंगे
95. आज का काम, कल पर न टाल
96. आज के उपले, आज ही नहीं जलते
97. आज नगद, कल उधार
98. आज बदरी, बिहान बदरी, आवै पहुनवा तो मार मोंगरी
99. आज मरै, कल दूसर दिन
100. आटे दाल का भाव जानना
101. आठ-आठ आँसू रोना

102. आठों पहर जान सूली पर
103. आँत भारी, तो माथ भारी
104. आत्मा पर पड़े, तो परमात्मा की सूझै
105. आते को रोकते नहीं, जाते को टोकते नहीं
106. आदमी आया, रोजी आई
107. आदमी की कदर, मरे पर होती है
108. आदमी कुछ खो के सीखता है
109. आदमी को ढाई गज जमीन काफी
110. आदमी ठोकर खाकर, सँभलता है
111. आदमी पेट का कुत्ता है
112. आदमी बसे, सोना कसे
113. आदमी बुलबुला है पानी का, क्या भरोसा है जिंदगानी का
114. आधा तीतर, आधा बटेर
115. आधी रात का खोंखी आवै, संझैनै से मुँह बावै (आधी रात जंभाई आवै, शाम से मुँह फैलावे)
116. आधी छोड़ पूरी का धावै, पूरी मिलै न आधी पावै
117. आधे माघे, कंबल कांधे
118. आन का पंडित साइत बतावैं, अपना चलैं भद्रा
119. आन का लोखड़ी सगुन बतावै, अपना कुकुरन से नोचवावै
120. आन पर बस न चलै, तो गदहा कै कान उमेठै
121. आनामासीधम, बाप पढ़े ना हम
122. आप बीती या जग बीती
123. आप भले तो जग भला
124. आप हारे, बहू को मारे
125. आ बैल मुझे मार
126. आम के आम, गुठलियों के दाम
127. आम खाने से मतलब या पेड़ गिनने से
128. आमदनी अठन्नी, खर्चा रुपैय्या
129. आम पाल का, खरबूजा डाल का और पानी ताल का
130. आया ऊँट पहाड़ के नीचे

131. आईं बीबी आकिला, सब कामों में दाखिला
132. आई मौत फकीर की, दिया झोंपड़ा फूँक
133. आई है जान के साथ, जायगी जनाजे के साथ
134. आए की खुशी, न गए का गम
135. आए थे हरि भजन को, ओटन लगे कपास
136. आरती के समय सो गए, भोग के समय जागे
137. आँवे का आँवाँ खराब (बिगड़ा हुआ) है
138. आस्तीन का साँप
139. आस-पास बरसै, दिल्ली पड़ी तरसै
140. आसमान पर थूका, खुद ही पर आया
141. आसमान से गिरा खजूर में अटका
142. ओस के चाटे कहीं प्यास बुझती है
143. औरों को नसीहत, खुद मियाँ फजीहत
144. इतना झूठ बोलो, जितना आटे में नामक
145. इतनी सी जान, गज भर जबान
146. इन तिलों में तेल नहीं
147. इसकी टोपी, उसके सिर
148. इसकी दवा हकीम लुकमान के पास भी नहीं है
149. इस हाथ दे, उस हाथ ले
150. इल्लत जाय, आदत न जाय
151. इहाँ कुम्हड़ बतिया केयु नाहीं, जो तर्जनी देखि मरि जाहीं
152. ईंट का जवाब, पत्थर से
153. ईश्वर आएँ, दलिद्दर जाएँ
154. ईश्वर देता है तो छप्पर फाड़ के देता है
155. ईश्वर से भेंट नहीं, दलिद्दर की पैठारी
156. उठते जूती, बैठते लात
157. उठौ बूढ़ा साँस लेव, चकिया छोड़ौ, जाँत लेव
158. उड़ती चिड़िया के पर गिनना
159. उत्तम खेती, मध्यम बान, निषिध चाकरी, भीख निदान
160. उधार का खाना, जन्म का ताना

161. उधार का खाना, फूस का तापना बराबर
162. उल्टा चोर कोतवाल को डाँटे
163. उल्टे बाँस बरैली को
164. उसकी जूती, उसी का सिर
165. ऊँघते को सोने में कितनी देर
166. ऊँची दुकान, फीका पकवान
167. ऊँचे चढ़कर देखा, घर घर यही लेखा
168. ऊँट किस करवट बैठेगा
169. ऊँट की चोरी, निहुरे निहुरे
170. ऊँट की नकेल, चूहे के हाथ में
171. ऊँट के मुँह में जीरा
172. ऊँट घोड़े बहे जाएँ, गदहा कहै कितना पानी
173. ऊधौ का लेना न माधव का देना
174. एक अंडा, वह भी गंदा
175. एक अनार, सौ बीमार
176. एक इतवार के व्रत से जनम का कोढ़ नहीं जाता
177. एक और एक ग्यारह होते हैं
178. एक करै, दस पावै
179. एक करै, दस भरै
180. एक कहौ, न दस सुनौ
181. एक चने की दो दालें
182. एक चुप, सौ को हरावै
183. एक जान, सौ जंजाल (एक जान हजार गम)
184. एक जान, हजार उम्मीद
185. एक टका मेरी गाँठी, कद्दू खाऊँ कि माटी
186. एक तिनके का एहसान भारी
187. एक तीर/पत्थर से दो शिकार
188. एक तो करेला, दूसरे नीम चढ़ा
189. एक तो चोरी, उसपर सीना जोरी
190. एक तो मियाँ ऊँघते, तिस पर खाई भंग

191. एक थैली के चट्टे–बट्टे
192. एक दर बंद, हजार दर खुले
193. एक दिन मेहमान, दो दिन मेहमान, तीसरे दिन बलाय जान
194. एक पंथ, दो काज
195. एक पापी नाव डुबाता है
196. एक पैर पर खड़े होना
197. एक बोटी, सौ कुत्ते
198. एक मछली सारे तालाब को गंदा करती है
199. एक म्यान में दो तलवारें नहीं रह सकती हैं
200. एक लख पूत, सवा लख नाती। तिस रावण घर, दिया न बाती।।
201. एक शेर मारता है, सौ लोमड़ियाँ खाती हैं
202. एक से भले दो
203. एक हाथ ककरी, नौ हाथ बिया
204. एक हाथ से ताली नहीं बजती
205. एकहि साधे सब सधै, सब साधे सब जाय
206. एकांत बासा, झगड़ा न झाँसा
207. एड़ी चोटी का जोर लगाना
208. एड़ी रगड़ना
209. ओखली में सिर दिया, तो मूसल से क्या डरना
210. औंधी खोपड़ी, उल्टी मत
211. कंगाली में आटा गीला
212. कच्चा बाँस, जिधर फेरो फिर जाता है
213. कड़ुए से मिलिए, मीठे से डरिए
214. कत्थर गुद्दर सोवैं, मर्जादा बैठी रोवैं
215. कंधा देना
216. कंधे पर बोझ आना
217. कपड़ा पहिनै तीन वार, बुध बृहस्पत शुक्रवार, हारे खाँगे एतवार।
218. कपास जहाँ जाएगी, ओटी जाएगी
219. कब्र में पैर लटकना
220. कबिरा तेरी झोंपड़ी गल कटुअन के पास, जो करैगा सो भरैगा तू क्यों

भया उदास

221. कभी गाड़ी नाव पर, कभी नाव गाड़ी पर
222. कभी घी घना, कभी मुट्ठी भर चना
223. कभी घूरे के दिन भी फिरते (बहुरते) हैं
224. कम खर्च, बाला नशीन
225. कम खाव, गम खाव, न हाकिम के जाव, न हकीम के
226. कंबली जितनी भीगेगी, भारी होगी
227. कमर कसना
228. कमान से निकला तीर और जबान से निकली बात कभी वापस नहीं होती
229. क्या चंदन की चुटकी, क्या गाड़ी भरी काठ
230. क्या भेड़, क्या भेड़ की लात
231. करनी न करतूत, लड़ने को मजबूत
232. करम की रेखा अमिट है
233. कर सेवा, खा मेवा
234. करिया बादर जिव डरवावै, भूरा बादर पानी लावै
235. करिया बाभन, गोरिया सूद। कंजा तुरुक भोर रजपूत।।
236. करु बहियाँ बाल आपनी, छाँड़ बिरानी आस। जाके आँगन है नदी, सो कस मरै पियास।।
237. करे एक, पकड़े जाएँ सब
238. करे कोई, माथे जाय किसके
239. कलई खुलना
240. कलेजे का टुकड़ा
241. कसम खाने के लिए है
242. कहना आसान है, करना मुश्किल
243. कहने को नन्हीं, खाय जाएँ धन्नी
244. कहे से धोबी/कुम्हार गधे पर नहीं बैठता
245. कहाँ राजा भोज, कहाँ गंगू तेली
246. कहीं का ईंट, कहीं का रोड़ा, भानुमती ने कुनबा जोड़ा
247. कहीं धूप, कहीं छाया

248. कहे से कोई कुएँ में नहीं गिरता
249. कहो दिन की सुनैं रात की, कहो खेत की सुनैं खलिहान की
250. कागज की नाव में कौन पार उतरा
251. काजर की कोठरी में कैसेहू सयानो जाय, एक रेख काजर की लागै पै लागै
252. काजी काहे दुबले शहर के अंदेशे से
253. काटै बाड़ नाम तलवार का, लड़े फौज नाम सरदार का
254. काठ की तलवार, काट नहीं करती
255. काठ की हाँड़ी एक बार चढ़ती है
256. कान के कच्चे
257. कान पकना
258. कान पड़ी, काम आती है
259. कान पर जूँ न रेंगना
260. कान में तेल डालकर बैठना
261. काना होय, कोंच जाय
262. कानून अंधा होता है
263. काबुल गए, मुगल होइ आए, बोलैं अरबी बानी। आब आब मा अब्बा मरिगे, खटिया तरे धरा पानी।।
264. काबुल में क्या गधे नहीं होते
265. काम का न काज का, सेर भर अनाज का
266. काम चोर, निवाले हाजिर
267. काम प्यारा, चाम नहीं
268. काल का मारा, सब जग हरा
269. काले का काटा, पानी नहीं माँगता
270. काले के काटे का मंतर नहीं
271. कासी मरै तो सब तरै, का गदहा का घोड़। जौ कबीर कासी मरै, तो रामै कौन निहोर।।
272. किसका धन, कौन खाय, पापी का माल अकारथ जाय
273. किस खेत की मूली
274. किसी का घर जले और कोई तापे

275. किसी का मुँह चले, किसी का हाथ
276. कीचड़ में पत्थर फेंको, अपने ऊपर ही आता है
277. कुआँ खोदकर पानी पीना
278. कुआँ बेचा है, कुएँ का पानी नहीं बेचा
279. कुछ आता है न जाता
280. कुछ खरबूजा मीठा, कुछ ऊपर से डाला कंद
281. कुछ गुड़ ढीला, कुछ बनिया
282. कुछ लोहा खोटा, कुछ लोहार
283. कुत्ता पाए तो सवा मन खाय, नहीं तो दिया चाटकर रह जाय
284. कुत्ता भी दुम हिलाकर बैठता है
285. कुतिया चोरों से मिल गई, अब मदद कौन करे
286. कुत्ते की दुम
287. कुत्ते की निगाह छिछड़े पर
288. कुत्ते की मौत आती है तो मसजिद की तरफ भागता है।
289. कुँवारे कुँवारों का सदा बसंत
290. कूकुर धोये बछिया नहीं होत
291. केहिकै करौं सिंगार, पिया मोर आंधर
292. कोई किसी की कब्र में नहीं जाने का
293. कोउ कहाँ कै गावै, पाना अपने नैहरेन कै गावैं
294. कोऊ नृप होय हमैं का हानी, चेरी छांड़ि न होबै रानी
295. कोठी वाला रोए, छप्परवाला सोए
296. कोढ़ में खाज
297. कोयले की दलाली में हाथ काला
298. कोहनी मारना
299. कौड़ी के तीन होना
300. कौन कहे, रानी ढांकौ
301. कौन सा घर है, जिसमें मौत नहीं आई
302. कौवा चला हंस की चाल, अपनी चाल भी भूला
303. कौवा नाक ले गया (नाक को नहीं देखते, कौवे के पीछे दौड़े जाते हैं)
304. खटाई में पड़ना

305. खरबूजा खरबूजे को देखकर रंग बदलता है
306. खरबूजा पर छुरी गिरे या छुरी पर खरबूजा, कटता खरबूजा ही
307. खरी मंजूरी, चोखा काम
308. खाना और गुर्राना
309. खाना पराया है, पेट तो अपना
310. खामोशी नीम रजा (मौन स्वीकृति का लक्षण है)
311. खाय चना, रहै बना
312. खाय मनभाता, पहनै जगभाता
313. खाय मूँग, रहै ऊँघ
314. खाया-पिया छुपता नहीं
315. खाया सो खोया, दिया सो बोया
316. खाए किसी का, गाए किसी का
317. खाए के गाल, नहाए के बाल छुपाए नहीं छुपते
318. खाला का घर
319. खाली घर भूतों का डेरा/बिन घरनी, घर भूत का डेरा
320. खाली बनिया क्या करे, इस कोठी का धान उस कोठी
321. खिलाए का नाम नहीं, रुलाए का इल्जाम
322. खिलाओ सोने का कौर, देखो शेर की नजर
323. खिसियानी बिल्ली खंभा नोचै
324. खुद तो डूबे ही, औरों को भी ले डूबे
325. खुद ही मारै, खुद ही चिल्लाय
326. खुदा की देन को मूसा से पूछिए
327. खुदा की बात खुदा ही जाने
328. खुदा (ईश्वर) गंजे को नाखून नहीं देता है
329. खुल्थी/कुल्थी का पानी
330. खुला खेल फरुक्खाबादी
331. खुशामद से बरामद/ही आमद
332. खूँटा गाड़ के बैठना
333. खून का बदला खून
334. खून के आँसू रोना/रुलाना

335. खून सफेद होना
336. खून सिर चढ़कर बोलता है
337. खेत खाय गदहा, मारा जाय जुलाहा
338. खेती राखै बाड़ को, बाड़ राखै खेती को
339. खेल खेलना
340. खेल न जाने मुरगी का, उड़ाने लगा बाज
341. गँजेड़ी/मतलबी यार किसके, दम लगा के खिसके
342. गड़े मुर्दे उखाड़ना
343. गढ़े कुम्हार, बरते संसार
344. गदहा गया दुम की तलाश में, कटवा आया कान
345. गदहा पीटने से घोड़ा नहीं हो जाता
346. गधे के सिर पर सींग नहीं होते, पहचाने जाते हैं
347. गधे के सिर से सींग की तरह गायब होना
348. गधे को जाफरान की क्या कदर
349. गप्प मारना
350. गबरू जवान, बड़ी आन बान
351. गया वक्त फिर हाथ आता नहीं
352. गरजनेवाले बरसते नहीं
353. गरदन फँसना
354. गरीब की जोरु, सबकी भौजाई
355. गरीब को जब मिले, अमीर को जब भूख लगे
356. गाते गाते कलावंत हो ही जाता है
357. गाना और रोना सबको आता है
358. गाय न बच्छी, नींद आवै अच्छी
359. गाए–गाए बियाह
360. गाँव बसा नहीं, कँगला पहिले पहुँचगे
361. गिरते हैं शहसवार ही मैदाने जंग में, (वह तिफ्ल क्या गिरेगा, जो घुटनों के बल चले)
362. गीदड़ की मौत आती है, तो वह शहर की तरफ भागता है
363. गीदड़ भभकी

364. गुजरा गवागी, लौटा बराती
365. गुड़ खाएँ, गुलगुला से परहेज
366. गुड़ गोबर होना
367. गुड़ दिए मरै तो विष क्यों दे
368. गुड़ न देय, गुड़ जैसी बात तौ करै
369. गुड़ भरी हंसिया, न खाते बनै न उगलते बनै
370. गुड़ियों का खेल नहीं
371. गुदगुदावे वहाँ तक, जहाँ तक हँसी आवे
372. गुदड़ी के लाल
373. गुनाह बेलज्जत
374. गुरु गुड़ रहे, चेला सक्कर होय गए
375. गुस्सा बहुत, जोर थोड़ा, मार खाने की निशानी है
376. गूँगे की मिठाई
377. गेहूँ/आटे के साथ घुन पिसता है
378. गोंड्ये आई बरात तो पगरैतिन के लाग हगास
379. गोद का खिलाया, गोद में नहीं रहता
380. गोद मा बईठ के दाढ़ी ना नोचौ
381. घड़ियाली आँसू बहाना
382. घड़ी मा घर जलै, अढ़ाई घड़ी भद्दरा
383. घर आई कुतिया को भी नहीं निकालते
384. घर का जोगी जोगड़ा, आन गाँव का सिद्ध
385. घर का भेदी, लंका ढाए
386. घर की मुरगी, दाल बराबर
387. घर के चिराग से ही आग लगना
388. घर घोड़ी, नक्खास मोल
389. घर घोड़ी पैदर चलैं, वार करैं पग बीन। थाती धरैं दमाद घर, जग माँ देखे भकुआ तीन।।
390. घर दूर, बोझ भारी
391. घर देखै ओसारे से, दुल्हिन देखै सारे से
392. घर बिगाड़ा आलों ने या सालों ने

393. घर में नहीं दाने, अम्माँ चलीं भुनाने
394. घर में भूँजी भाँग नहीं, बाहर न्योते सात
395. घर सुख तो बाहर चैन
396. घाम म कंडा होना
397. घी गिर गया, मुझे रूखी ही भाती
398. घी गिरा तो दाल ही में
399. घी पकाए सालना, बड़ी बहू का नाम
400. घुटने टेकना
401. घूँसों में क्या उधार
402. घोंघा बसंत
403. घोड़ा घास से यारी करेगा तो खाएगा क्या
404. घोड़े को इशारा, गधे को लट्‌ठ मारा
405. घोड़े को लात, आदमी को बात
406. घोड़े गए, गधों का राज आया
407. घोड़े बेचकर सोना
408. चट मँगनी, पट ब्याह
409. चटोरी खोदै अपना घर, बटोरी खोदै दूजा घर
410. चंदन की लकड़ी नहीं जलाते
411. चना का चबाना और शहनाई का बजाना एक साथ नहीं होता है
412. चना डालकर, खाने में साझा
413. चना महीना, घूँसा रोज
414. चमड़ी जाय पर दमड़ी न जाय
415. चमड़े की जबान फिसलती है
416. चरस बोना
417. चलती का नाम गाड़ी
418. चलती चकिया देख के दिया कबीरा रोय, दो पाटों के बीच में साबुत बचा न कोय।
419. चलती फिरती छाया
420. चलनी कै चम्मा, कायथ गुलाम्मा, हँस के माँगै दम्मा, ये तीनों काम निकम्मा

421. चाक उतरा हुआ फिर नहीं चढ़ता
422. चाँदी काटना
423. चाँदी बरसना।
424. चाँदी होना
425. चाम के दाम
426. चार दिन की चाँदनी, फिर अँधेरी रात/अँधेरा पाख
427. चार हाथ-पैर तो सबके हैं
428. चालाक कौवा गू पर बैठता है
429. चाहे जिया जाय, लगी छूटे ना
430. चाहे यह जाँघ खोलो, चाहे वह, लाज अपनी ही जाएगी
431. चिकना घड़ा
432. चिकने मुँह को सब चूमते हैं
433. चिंता से चिता भली
434. चिरयी कै जिउ जाय, लड़कन कै खेलौना
435. चिराग गुल, पगड़ी गायब
436. चिराग तले अँधेरा
437. चिराग से चिराग जलता है
438. चील के घर में मांस कहाँ
439. चुगली करना/खाना
440. चुप आदमी और बँधे पानी से डरना चाहिए
441. चूँटी की आवाज अर्श पर
442. चूड़ा दही अनंदी, ना घर सास ननंदी, गपकौं कि ना गपकौं।
साल बबुर का मूसर, ना घर दूसर तीसर, धमकौं कि ना धमकौं।।
443. चूनी भी कहे, मुझे घी से खाव
444. चूहा बिल में समाय नहीं, पूँछ में बाँधै छाज
445. चूल्हे आग न घड़े पानी
446. चूहे बिल्ली का खेल
447. चैन की बाँसुरी बजाना
448. चोर का भाई गिरहकट
449. चोर की दाढ़ी में तिनका

450. चोर–चोर मौसेरे भाई
451. चोर चोरी से जाय, हेराफेरी से न जाय
452. चोर से कहे चोरी कर, साह से कहे जागते रहो
453. (घर की खांड किरकिरी), चोरी का गुड़ मीठा
454. चोरी का माल सस्ता
455. चौबे गए छब्बे होने, रह गए दुबे
456. छक्के छुड़ाना
457. छकड़ा देखे थकाई
458. छछूँदर के सर में चमेली का तेल
459. छठी का दूध याद आना
460. छलनी में दूध दुहै, करम को दोष
461. छाती के पीपर होना
462. छाती पर मूँग दलना
463. छाती पर रखकर कोई नहीं ले जाता
464. छोटा घर बड़ा समधियाना
465. छोटे मुँह बड़ी बात
466. जग हँसाई होना
467. जंगल में मोर नाचा, किसने देखा
468. जनवासी चाल चलना
469. जने कोई, मखाना गोंद खाय कोई
470. जब जागे, तभी सबेरा
471. जब तक दम, तब तक गम
472. जब तक साँस, तब तक आस
473. जब दाँत थे, तब चना नहीं। जब चना है, तब दाँत नहीं।।
474. जब भुईं लोट चले पुरवाई, तब जान्यो बरखा रितु आई
475. जबरा मारै, रोवै ना देय
476. जबान कैंची की तरह चलना
477. जबान खाली जाना
478. जबान ही हाथी चढ़ावै, जबान ही सर कटावै
479. ज्यादा मिठाई म कीड़ा पड़त हैं

480. जर के आगे जोर नहीं चलता है
481. जरा जिया तो क्या जिया
482. जरूरत ईजाद की माँ है
483. जरूरत का कोई कानून नहीं है
484. जरूरत सबकुछ करा लेती है
485. जल की मछली, जल में ही भली
486. जल्दी का काम शैतान का
487. जल में रहै, मगर से बैर
488. जली-कटी सुनाना
489. जस दाल भात, तस फातिहा
490. जहँ-जहँ चरन परैं संतन के, तहँ-तहँ बंटाधार
491. जहाँ गईं डाढ़ा रानी, हुवाँ पड़ा पाथर पानी
492. जहाँ गुड़ है, मक्खियाँ वहीं भिनभिनाती हैं
493. जहाँ गुल है, वहाँ खार भी जरूर है
494. जहाँ चार बासन होंगे, वहीं खड़केंगे
495. जहाँ झाड़ न बरुख, हुआँ रेंडै पुरुष
496. जहाँ देखें तवा परात, वहीं नाचें सारी रात
497. जहाँ मुरगा बाँग नहीं देता, क्या वहाँ सबेरा नहीं होता
498. जहाँ सौ, वहाँ सवा सौ/जहाँ सत्यानाश, वहाँ साढ़े सत्यानाश
499. जाके पैर ना जाय बेवाई, वह क्या जानै पीर पराई
500. जाको राखै साइयाँ, मार सकै ना कोय। बाल न बाँका करि सकै, जो जग बैरी होय।।
501. जाट मरा तब जानिए, जब तेरहवीं होय
502. जात न पूछो साधु की
503. जात-पांत पूछै नहि कोई, हरि का भजै सो हरि का होई
504. जादू सिर पर चढ़कर बोलता है
505. जान न पहचान, बड़ी बुआ सलाम
506. जान बची, लाखों पाए (लौट के बुद्धू घर को आए)
507. जान हथेली पर लेकर चलना
508. जान है तो जहान है

509. जाय लाख, रहे साख
510. (हारिए न हिम्मत, बिसारिए न सीताराम) जाही बिधि राखै राम ताही बिधि रहिए
511. जिकरुल ऐश, निस्बुल ऐश
512. जितना ऊपर, उतना ही नीचे
513. जितना गुड़ डालो, उतना मीठा
514. जितना छानो, उतना ही किरकिराय
515. जितना छोटा, उतना खोटा
516. जितनी चादर देखे, उतने पाँव फैलाए
517. जितने मुँह, उतनी बातें
518. जिंदगी पानी का बुलबुला है
519. जिंदा मक्खी नहीं निगली जाती
520. जिधर जलता देखै, उधर तापै
521. जिन खोजा तिन पाइयाँ, गहरे पानी पैठ
522. जिसका काम, उसी को साजै, और करै तो ठेंगा बाजै
523. जिसका खाना, उसका गाना
524. जिसका पलड़ा भारी हो, वही झुके
525. जिसकी लाठी, उसकी भैंस
526. जिसको न दे मौला, उसको दे आसफुद्दौला
527. जिस डाली पर बैठें, उसी की जड़ काटें
528. जिस पत्तल/थाली में खाएँ, उसी में छेद करें
529. जिस पेड़ की छाल, उसी में लगती है
530. जिस राह नहीं चलना, उसके कोस क्या गिनना
531. जीभ लंबी होना
532. जुआ बड़ा ब्यापार, जो ना होती उसमें हार
533. जुओं के मारे, सदरी नहीं फेंकते
534. जुगनू बए के घर में चिराग
535. जुबान कड़वी होना
536. जुबान मीठी (शीरीं) होना
537. जूता-लात खाएँ, तमासा घुस-घुस देखैं

538. जेब जली, स्वाद न पाया
539. जेहिकै जस घर दुआर, तेहिकै तस फरिका। जेहिकै जस महतारी-बाप, तेहिकै तस लरिका।।
540. जैसा देस, वैसा भेस
541. जैसा बोवो, वैसा काटो
542. जैसा मुँह, वैसा थप्पड़
543. जैसा राजा, वैसी प्रजा
544. जैसा लेना देना, वैसा गाना-बजाना
545. जैसी माई, वैसी जाई
546. जैसी रूह, वैसे फरिश्ते
547. जैसे कान्हा यहाँ रहे, वैसे रहे बिदेस
548. जैसे को तैसा (परखने को पैसा)
549. जैसे सत्यानाश, वैसे साढ़े सत्यानाश
550. जो करै, सो भरै
551. जो जागै, सो पावै, जो सोवै, सो खोवै
552. जो जीता, वही सिकंदर
553. जो राह बताए, वही आगे चले
554. जोरु खसम की लड़ाई, दूध की सी मलाई
555. जोरु टटोलै फेंट, माँ टटोलै पेट
556. जो सिर उठा के चलेगा, वही ठोकर खाएगा
557. जो हाँड़ी में होगा, वही रकाबी में आएगा
558. जौ धन जाता देखिए, आधा दीजै बाँट
559. जौन रही हंसिया मा धार, वहू क लैगें भगन लोहार
560. झख मारना
561. झंडे गाड़ना
562. टके की निहारी में टाट का टुकड़ा
563. टट्टी की आड़ से शिकार
564. टपके का डर
565. टाट का लँगोटा, नवाब से यारी
566. टूटी बाँह गले पड़ती है

567. टेढ़ी उँगली से घी निकालना
568. टेढ़े से देवता डेरांय
569. ठकुर सोहाती
570. डंडे के बल बंदर नाचे
571. डरै लोमड़ी से, नाम दिलावर खान
572. डायन भी दस घर छोड़कर खाती है
573. डींगें मारना/हाँकना
574. डील डौल गुंबद, आवाज फुसफुस
575. डोली में आई है, अर्थी पर जाएगी
576. डोली में बैठकर उपले लेने गए हैं
577. डूबते को तिनके का सहारा
578. डेढ़ ईंट की मसजिद
579. ढाक के तीन पात
580. ढोल के भीतर पोल
581. तकदीर के आगे तदबीर नहीं चलती
582. तन सुखी, तो मन सुखी
583. तंदुरुस्ती हजार नियामत
584. तपते तवे पर बूँद
585. तपने पर सोने जैसा खरा उतरना
586. तपै मिरगिसिरा बिलखैं चार, बन, बालक औ भैंस, उखारि
587. तलवार का घाव भर जाता है, बात का नहीं
588. तलवार की मार एक बार, एहसान की मार बार–बार
589. तलवे चाटना/सहलाना
590. तस्मे के वास्ते भैंस मारनी
591. तारीफ के पुल बाँधना
592. ताली दो हाथ से बजती है
593. तावा न तगाड़ी, मुफ्त की भटियारी
594. तिल के ओट पहाड़
595. तीन में न तेरा में, मिरदंग बजावैं डेरा मा
596. तीस मार खाँ

597. तुम डार–डार, हम पात–पात
598. तुम रूठे, हम छूटे
599. तू भी रानी, मैं भी रानी, कौन भरै पनघट पर पानी
600. तेरह नौ बाईस पढ़ाना
601. तेल तिलों से ही निकलता है
602. तेल देखो, तेल की धार देखो
603. तेलिया जोरैं बेलिया बेलिया, रहमान धकेलैं कुप्पा
604. तेली का तेल जले, मशालची का दिल जले
605. तेली का बैल
606. थाली का बैंगन
607. थाली फूटी न फूटी, झंकार सबने सुनी
608. थैली में रुपया, तो मुँह में गुड़
609. थोथा चना, बाजै घना
610. थोर करैं भवानी, बहुत करैं पंडवा
611. दबी बिल्ली, चूहों से कान कटाए
612. दबने पर चींटी भी काट खाती है
613. दमड़ी की बुढ़िया, टका सिर मुँडाई
614. दमड़ी की हाँड़ी टूटी, कुत्ते की जात पहचानी गई
615. दरिया दिल होना
616. दरिया पर जाना और प्यासा आना
617. दस की लाठी, एक जने का बोझ
618. दाई से पेट नहीं छुपता
619. दाँत काटी रोटी
620. दाँत खट्टे करना
621. दाँत दिखाना
622. दाँत पीसना
623. दाँता किलकिल
624. दाता दे, भंडारी का पेट फूलै/छाती फाटै
625. दाता से सूम भला जो ठाढ़ै देय जवाब
626. दादा मीठ दीदी मीठ, तौ सरगे के जाई

627. दान क बछिया कै कहूँ दाँत देखे जात हैं
628. दाना दुश्मन, नादान दोस्त से बेहतर है
629. दाने-दाने पर लिखा है, खानेवाले का नाम
630. दाम का काम, बात से नहीं होता है
631. दाल में काला
632. दाल में नमक जैसा
633. दाल भात मा मूसरचंद
634. दिन ईद, रात शबेबरात
635. दिन का बद्दर रात निबद्दर, औ पुरवैया चलै भद्दर भद्दर। घाघ कहैं कछु होनी होई, कुवाँ के पानी धोबी धोई।।
636. दिन म रहैं रानी, रात म भरैं पानी
637. दीया तले अँधेरा
638. दीया न बाती, मुफ्त में फिरै इतराती
639. दीया बाती जले, मरद मानुस घर भले
640. दीया हाथ, तो खाने लगा साथ
641. दिल का रास्ता पेट से जाता है
642. दिल को हो करार, तब सूझैं सब त्योहार
643. दीमक के दाँत, साँप के पाँव, चूंटी की नाक, किसी ने नहीं देखी
644. दीवानी आदमी को दीवाना कर देती है
645. दीवारों के भी कान होते हैं
646. दुःख-सुख साथ लगा रहता है
647. दुधारू गाय के लात सहने पड़ते हैं
648. दुनिया उम्मीद पर कायम है
649. दुबे दुबकड़ी, तिबे नबाब, तेवारी हरजोतना, सुकुल चमार
650. दुम दबाकर भागना
651. दुय जगहा कै पाही, कूकुर मरि गा आवा जाही
652. दुलहन वही जो पिया मन भावे
653. दुविधा में दोनों गए, माया मिली न राम
654. दुश्मन न सोए, न सोने दे
655. दूध और छाछ दोनों सफेद होते हैं

656. दूध का जला छाछ फूँक-फूँक कर पीता है
657. दूध का दूध, पानी का पानी
658. दूध की मक्खी की तरह निकाल बाहर करना
659. दूर की कौड़ी लाना
660. दूर के ढोल सुहावने
661. देर आयद, दुरुस्त आयद
662. देर में देर होती है
663. देवता न भवानी, पहले काले चोर को
664. दो जिस्म एक जान
665. दो नावों में पैर रखना
666. धन धरम दोनों से गए
667. धनु के पंद्रह, मकर पच्चीस, चिल्ला जाड़ा दिन चालीस
668. धिया क गुन के गावै, धिया क माई
669. धी की माँ रानी, भरै बुढ़ापे पानी
670. धूप में बाल सफेद न होना
671. धूल फाँकना
672. धोबी का कुत्ता, न घर का न घाट का
673. धोबी का छैला, एक उजला, एक मैला
674. धोबी की बिटिया, न नैहरे सुख न ससुरे
675. नक्कारखाने में तूती की आवाज
676. नकटा कै नाक कटै, अढ़ाई बीता रोज बाढ़ै
677. नकल के लिए भी अकल चाहिए
678. न कुत्ता देखेगा, न भौंकेगा
679. न गंदी गली जाय, न कुत्ता काटे
680. नंगा क्या नहाय क्या निचोड़े
681. नंगा सबसे चंगा
682. नंगों को भूखों ने लूट लिया
683. न चढ़ेगा, न गिरेगा
684. नजरों से गिर जाना
685. नटनी बाँस पर चढ़ी तो अब घूँघट कैसा

686. न तू कहे मेरी, न मैं कहूँ तेरी
687. न न कहे जाएँ, परात भर लिहे जाएँ
688. न नाम लेवा, न पानी देवा
689. न नौ मन तेल होगा, न राधा नाचेंगी
690. न बुरे की बुराई में, न भले की भलाई में
691. नया मुल्ला, ज्यादा अल्ला अल्ला करता है
692. नया सिपाही, काठ की तलवार
693. नया सिपाही, हिरन के सींग उखाड़े
694. नया हकीम, दे अफीम
695. नई कहानी, गुड़ से मीठी
696. नए नवाब, असमान पर दिमाग
697. न रहै बाँस, न बाजै बाँसुरी
698. नवा धोबी कथरी म साबुन मलै
699. नवा नौ दिन, पुरान सौ दिन
700. नाई की बरात में सब ठाकुर-ही-ठाकुर
701. नाई बाल कितने, काट देते हैं गिन लेना
702. नाक ऊँची/नीची होना
703. नाक के बाल होना
704. नाक चढ़ाना (नकचढ़ा/नकचढ़ी)
705. नाक पर मक्खी न बैठने देना
706. नाक भौं सिकोड़ना
707. नाच न आवै, आँगन टेढ़ा
708. नाड़ी से रोग मिलता है
709. नादान (बंदर) की दोस्ती, जी का जंजाल
710. नानी के आगे, ननियौरे की बातें
711. नाम बड़े, दर्शन थोड़े
712. नाम पीरों का, खाएँ मुजावर
713. नामुराद हाथी, अपनी फौज को मारे
714. निखट्टू की जोरू सदा नंगी
715. निगाहों में चढ़ जाना

716. निंदक नियरे राखिए, आँगन कुटी छवाय
717. निरक्षर भट्टाचार्य
718. नींद सूली पर भी आ जाती है
719. नीम हकीम खतराए जान, (नीम मुल्ला खतराए ईमान)
720. नेकी और पूछ–पूछ
721. नेकी कर कुएँ में डाल
722. नैन मटक्का
723. नोखे की नाउन, बाँसे की नहन्नी
724. नोखे कै भैंस बियान, सबै दोहनी लै लै दौड़े
725. नोखे गाँव माँ ऊँट आवा
726. नौ कनौजी, ग्यारह चूल्हे
727. नौकर के आगे चाकर, चाकर के आगे चूकर और चूकर के आगे पेशकार
728. नौकरी नित नई अच्छी
729. नौकरी बड़ी कीमिया है
730. नौ कै लकड़ी, नब्बे खर्च
731. नौ दिन चलै अढ़ाई कोस
732. नौ दो ग्यारह होना
733. नौ नगद न तेरह उधार
734. पकी बेर के स्वाद मीठे
735. पके आम को टपकने का डर
736. पगड़ी की लाज खुदा के हाथ
737. पगड़ी रख, घी चख
738. पंच परमेश्वर
739. पछुआ चलै खेती फलै
740. पढ़े घर की बिल्ली भी सयानी होती है
741. पढ़े न लिखे, नाम ज्ञान चंद/नाम मुहम्मद फाजिल
742. पढ़े फारसी बेचैं तेल, यह देखौ कुदरत के खेल
743. पत्ता खड़का, बंदा सरका
744. पतीली से एक ही चावल देखा जाता है

745. पत्थर में जोंक नहीं लगती
746. प्यादा से फर्जी भयो, टेढ़ो टेढ़ो जाय
747. प्यासा कुएँ के पास जाता है
748. पर उपदेश कुशल बहुतेरे (उपजैं बहुत रहें दिन थोरे)
749. पड़का घोड़ बुसैले ठाढ़
750. परदेसी की प्रीत, फूस का तापना
751. पर धन जोगवैं मूरखचंद
752. परनाला वहीं गिरेगा
753. पराए बल पर खेला जुआ, आज न मुआ, कल मुआ
754. पलक पाँवड़े बिछाना
755. पलकें भीगना
756. पलकों पर बिठाना
757. पहले घर में चिराग जलता है, फिर बाहर
758. पाक रहो, बेबाक रहो
759. पाँचों उँगलियाँ बराबर नहीं होतीं
760. पाँचों उँगली घी में होना
761. पांडेजी पछताएँगे, वही भौरिया खाएँगे
762. पातर डेहरी, अनाजे का खैकार
763. पानी पियै छानकर, गुरु करै जानकर
764. पानी पीकर, जात पूछना
765. पापी की नाव मझधार में डूबती है
766. पीठ पेट एक होना
767. प्रीत न जानै जात कुजात, नींद न जानै टूटी खाट
768. पुरानी देगची पर कलई की फड़क
769. पूछते–पूछते मंजिल पर पहुँच जाते हैं
770. पूत के पाँव पालने में देखे जाते हैं
771. पूत सपूत, तौ का धन संचय, पूत कपूत, तौ का धन संचय
772. पूस काना ठूँस
773. पेट पर लात मारना
774. पेट भारी होना

775. पेट में गवा चारा, कूदै लाग बेचारा
776. पैसा न कौड़ी, बजार जाएँ दौड़ी
777. पोपले मुँह से हड्डी नहीं चबाई जाती
778. पोल खुलना
779. फकीर का कंबल ही दुशाला है
780. फल वो खाय, जो हल जोतै
781. फुहार से खेत नहीं भरता
782. फूल न पान, कहने को मेहमान
783. फूल वही जो मंदिर में चढ़ें
784. फूहड़ चले तो घर हिले
785. फूहड़ जोरुवा, साग में शोरवा
786. बकरे की माँ कब तक खैर मनाएगी
787. बच्चे की माँ, बूढ़े की जोरु, सलामत रहें
788. बछड़ा खूँटे के बल पर कूदता है
789. बजार लगा नहीं, गलकटे आ पहुँचे
790. बड़ा दुलार, आँखी मा अंगुरी
791. बड़ी मयानी पितिया सास, कंडा लै के पोंछैं आँस
792. बड़े कौर खाय, बड़े बोल न बोलै
793. बड़े बरतन की खुरचन भी बहुत है
794. बड़े बोल का सर नीचा
795. बड़े मियाँ तो बड़े मियाँ, छोटे मियाँ सुभानअल्ला
796. बड़े शहर का बड़ा चाँद
797. बड़ों की बड़ी-बड़ी बातें
798. बत्तीस जबान का भाखा, खाली नहीं जाता
799. बत्तीस दाँतों के बीच जीभ
800. बद अच्छा, बदनाम बुरा
801. बदन पर नहीं लत्ता, पान खाएँ अलबत्ता
802. बंदर क्या जाने अदरख का स्वाद
803. बंदर के गले में मोतियों का हार
804. बंदर के हाथ में आईना

805. बंदर के हाथ में उस्तरा
806. बंदर (चूहे) को मिली हलदी, पंसारी बन बैठा
807. बंदर बाँट
808. बँधी मुट्ठी लाख बराबर
809. बनिया मारै जान को, ठग मारै अनजान को
810. बनिए का कर्ज और घोड़े की दौड़ बराबर है
811. बभनन माँ साकलदीपी, मुसलमान माँ बेहना। चिरइन माँ मुरगा-मुरगी, कैथन माँ सक्सेना।।
812. ब्याह नहीं किया, बरातें तो देखी हैं
813. ब्याह पीछे बड़हार, ईद पीछे टर
814. ब्याही बेटी पड़ोसन बराबर
815. बरतन से बरतन खटक ही जाता है
816. बरु भल बास नरक कै ताता, दुष्ट संग जनि देहि बिधाता।
817. बलि का बकरा बनना
818. बसंत जाड़े का अंत
819. बहती गंगा में हाथ धोना
820. बहि बहि जाएँ बैलवा, बाँधे खाएँ तुरंग
821. बहुत करीब, ज्यादा रकीब
822. बहुतै जोगी, मठ उजाड़
823. बहुमत, तिरियामत, बालमत, बिन नरेश का देश
824. बाँटा पूत, पड़ोसी बराबर
825. बाड़ लगाई खेत को, बाड़ ही खेत को खाय
826. बाड़ो गईं तो गईं, चार हाथ पगहा भी लै गईं
827. बाढ़ैं पूत, पिता के धर्मा, खेती उपजै अपने कर्मा
828. बात कही, पराई हुई
829. बात पर बात याद आती है
830. बातें बनाना
831. बाद मुहर्रम या हुसैन
832. बांदी और के पाँव धोवै, अपने लिए सोवै
833. बाँधे बनिया कहूँ बजार लागत है

834. बाप कमाए, बेटा उड़ाए
835. बाप न मारी फुदकी, बेटा तीरंदाज
836. बाप पूत बराती, माई धिया गौनहर
837. बाप बड़ा न भैया, सबसे बड़ा रुपैया
838. बाप बनिया, पूत नवाब
839. बाप से बैर, पूत से प्यार/जड़ से बैर, पत्तों से यारी
840. बापै पूत, परापत घोड़ा, बहुत नहीं तो थोरै थोरा
841. बांभन कूकुर हाथी, नहीं जात के साथी
842. बारा पत्थर बाहर
843. बारा बरस बाद, घूरे के दिन भी बहुरते हैं
844. बारा ब्राह्मण, बारा बात, बारा देहाती, एक घाट
845. बाल काटने से मुर्दा हलका नहीं होता
846. बाल की खाल निकालना
847. बाल नोचना
848. बासी फूलों की बास क्या, दूर गए की आस क्या
849. बासी बचै, न कुत्ता खाय
850. बिच्छू का मंतर न जानैं, साँप की बिली म हाथ डालैं
851. बिछल परै तौ हर गंगा
852. बिन परछे, परतीत नहीं
853. बिन माँगे मोती मिलै, माँगे मिलै न भीख
854. बिना आग के धुवाँ नहीं होता
855. बिना रोए माँ भी बच्चे को दूध नहीं देती
856. बिना लक्ष्मी, स्वागत कौन करे
857. बिना हाथ-पैर हिलाए, मुँह में कौर नहीं जाता
858. बिनु हरदी के घोरैं कढ़ी, बिनु बैलन के जोतैं लढ़ी, बिनु भाइन के जूझैं जंग।
न उनकै कढ़ी, न उनकै लढ़ी, न उनकै जंग।।
859. बिल्ली का गू, न लीपने का न पोतने का
860. बिल्ली के ख्वाब में छिछड़े ही छिछड़े
861. बिल्ली के गले में घंटी कौन बाँधे

862. बिल्ली के पेट में घी नहीं पचता
863. बिल्ली के भाग से छींका टूटा
864. बिल्ली से छिछड़ों की रखवाली
865. बिस्मिल्लाह ही गलत
866. बीड़ा उठाना
867. बीती ताहि बिसार दे, आगे की सुधि लेय
868. बीरबल की खिचड़ी
869. बीवी नेकबख्त, छटाक दाल दो वख्त
870. बुड्ढे बाप या पुराने कपड़े से शरमाना नहीं चाहिए
871. बुढ़िया मरी तो मरी, फरिश्तों ने घर देख लिया
872. बुरा बेटा और खोटा सिक्का भी वक्त पर काम आता है
873. बुरे का कोई साथी नहीं
874. बुरे काम का बुरा नतीजा
875. बूझैं तो बूझैं लाल बुझक्कड़, और न बूझै कोय। पैर माँ चकिया बांधिके कहूँ हिरन ना कूदा होय।।
876. बूड़ा बंस कबीर का, उपजा पूत कमाल
877. बूढ़ा चलै न पावैं, रजाई कै फांड़ बाँधैं
878. बूढ़ी घोड़ी, लाल लगाम
879. बूँद-बूँद से घड़ा भर जाता है
880. बेड़ा पार लगना
881. बेदिल चाकर, दुश्मन बराबर
882. बे पेंदी का लोटा
883. बेवक्त की शहनाई बजाना/बेवक्त का राग अलापना
884. बे सिर-पैर की बात करना
885. बैठे/बेकार से बेगार भली
886. बोया पेड़ बबूल का तो आम कहाँ से खाए
887. बोलै लोखड़ी, फूलै कास। अब नहीं बरखा की आस।
888. बोले सो मारा जाए
889. बोहनी न बट्टा, हरामखोर एकट्ठा
890. भत्यवान ओनई है

891. भनक न लगना
892. भरी जवानी, माँझा ढील
893. भयी गति साँप छछूँदर केरी
894. भला हुआ मेरी मटकी टूटी, मैं दही बेचने से छूटी (भला हुआ मेरी सूई टूटी, मैं कशीदे से छूटी)
895. भले का जमाना नहीं
896. भले मारयो, हम रोवांसेन रहिन
897. भाई जैसा दोस्त नहीं, भाई जैसा दुश्मन नहीं
898. भागते भूत/चोर की लँगोटी ही सही
899. भादौं का झेला, एक सींग सूखा एक गीला
900. भीख न दें, पर तोमड़ी तो न फोड़ें
901. भीगी बिल्ली
902. भूख में गूलर ही पकवान
903. भूखे को क्या रुखा क्या सूखा
904. भेड़ की लात क्या और औरत की बात क्या
905. भैंस/गाय के अपने सींग भारी नहीं होते
906. भैंस के आगे बीन बजाये, भैंस खड़ी पगुराय
907. मक्खी छोड़ना, हाथी निगल जाना
908. मछली के पूत को कौन तैरना सिखाता है
909. मत कर सास बुराई, तेरे आगे आई। मत कर नंद बुराई, तू भी किसी की भौजाई।।
910. मतलब निकला, निगाह बदली
911. मन के हारे हार है, मन के जीते जीत
912. मन चंगा तो कठौती मा गंगा
913. मन भर का सिर हिलाते हैं, तोले भर की जबान नहीं हिलाते
914. मन मन भावै, मूड़ हिलावै
915. मन मानी घर जानी
916. मन मिले का मेला, चित्त मिले का चेला
917. मन में बसी, सीने में धँसी
918. मन सच्चा तो सब सच्चा

919. मरकहा बैल, जी का जलापा
920. मर गया मरदूद, फातिहा न दुरूद
921. मरता क्या न करता
922. मर्द मरे नाम को, नामर्द मरे नान को
923. मरने से क्या डरना
924. मरा हाथी सवा लाख का
925. मरे के पीछे सून
926. मरे जाएँ, मल्हार गावैं
927. मरे पर सौ कोड़े
928. मरे शेर से जीती बिल्ली अच्छी
929. माँ का पेट कुम्हार का आँवाँ, कोई काला कोई गोरा
930. माघ का जाड़ा, जेठ की धूप
931. माघ तिलै तिल बाढ़े, फागुन दीदा काढ़े
932. माघ नंगे, बैसाख भूखे
933. माघ पूस की बादरी और कुवारा घाम, इनसे जौ ऊबरै तौ करै पराया काम।
934. मांछी छींक मारिस
935. माथा ठनकना
936. माथे पर बल पड़ना
937. मान का पान भला
938. मान न मान, मैं तेरा मेहमान
939. माने तो ईश्वर, नहीं पत्थर
940. माँ फकीरनी, पूत फतेह खान
941. माँ मारे तो भी, माँ ही माँ पुकारे
942. मार के आगे भूत भागता है
943. मारते के हाथ पकड़े जाते हैं, बोलते की जबान नहीं पकड़ी जाती
944. मारनेवाले से बचानेवाला बड़ा है
945. मारौ घुटना, फूटै आँख
946. माल की खातिर, पहाड़ उठाते हैं
947. माले मुफ्त, दिले बेरहम

948. मिजाज आली, तोशा न थाली
949. मिट्टी के माधव
950. मियाँ कमाए, बीवी उड़ाए
951. मियाँ घर नहीं, बीबी को डर नहीं
952. मियाँ बीवी दो जने, किसके लिए जौ जने
953. मियाँ बीवी राजी, तो क्या करेगा काजी
954. मियाँ मिट्ठू पढ़ो, नहीं तो पिंजड़ा खाली करो
955. मिल–जुल कीजै काज, जीते हारे आवै न लाज
956. मीठा–मीठा गप, कड़ुआ कड़ुआ थू
957. मीन–मेख ना निकारौ
958. मुखौटा लगाना
959. मुद्दई सुस्त, गवाह चुस्त
960. मुफ्त का चंदन, घिस मेरे लल्लू
961. मुफ्त की शराब, काजी को हलाल
962. मुफलिस की जवानी, जाड़े की चाँदनी
963. मुये का कोई नाम नहीं लेता, जीते का सब कोई
964. मुये चाम से चाम कटावै, भूंइ सकरी माँ सोवै। घाघ कहैं यह तीनौ भकुआ, ओढ़र जाय औ रोवै।।
965. मुरगी अपनी जान से गई, खानेवालों को स्वाद न आया
966. मुरगे की एक ही टाँग
967. मुरगे की बाँग कौन सुनता है
968. मुर्दा गाड़ौ, आगे बढ़ौ
969. मुर्दा जन्नत में जाय या जहन्नुम में, मुल्ला को हलवे मांडे से काम
970. मुर्दे पर जैसी सौ मन मिट्टी, वैसी हजार मन मिट्टी
971. मुल्ला की दौड़ मसजिद तक
972. मुल्ला की मारी हलाल है
973. मुलाहजे की जगह मुलाहजा किया जाता है
974. मुँह फेर लेना
975. मुँह बिचकाना
976. मुँह माँगी मुराद

977. मुँह माँगी मौत भी नहीं मिलती
978. मुँह मा राम, बगल माँ छुरी (खाएँ सतुआ, बतावैं पूरी)
979. मुँह में दाँत न पेट में आँत
980. मुँह में दही जमाना
981. मुँह में पानी आना
982. मुँह लगाए डोमनी, कुनबा लाई साथ
983. मुँह सूई, पेट कुयीं
984. मूँग, मोठ में छोटा बड़ा कौन
985. मूँछ ऊँची/नीची होना
986. मूरी का आपन पात भारी
987. मूल से ब्याज प्यारा
988. मेढकी को जुकाम
989. मेले में झमेला हुआ ही करता है
990. मेहनत करै मुरगा, अंडे खाएँ सुभान
991. मेहनत को राहत है
992. मेंह बरसेगा तो बौछार आएगी ही
993. मेहमान और बुखार को खाना नहीं दो तो फिर नहीं आते
994. मेहर मंस कै कौन लड़ाई, फरिका खोलौ भीतर आई
995. मैं करूँ तेरी भलाई, तू करे मेरी आँख में सलाई
996. मोरी की ईंटे, चौबारे चढ़ीं
997. यकीन बड़ा रहबर है
998. यह गुड़ नहीं है, जिसे चींटे खाएँ
999. यह गुड़ बजारै न आई
1000. यह मुँह, मसूर की दाल
1001. यार जिंदा, सोहबत बाकी
1002. रंग उड़ जाना
1003. रँगा सियार
1004. रट्टू तोता
1005. रत्ती भर नाता, गाड़ी भर आशनाई
1006. रस्सी जल गई, पर ऐंठन न गई

1007. रहिमन धागा प्रेम का, मत तोड़ो चटकाय। टूटे से फिर ना जुरै, जुरै गाँठ पर जाय।।
1008. रहैं झोंपड़ी में, ख्वाब देखैं महलों के
1009. राई का पहाड़ बनाना
1010. राई रत्ती की खबर रखना
1011. राजा किसके यार, जोगी किसके मीत
1012. राजा के घर मोतियों का काल
1013. राजा छुए रानी
1014. राजा हुए तो क्या, वही जाट के जाट
1015. राजा होकर चोरी करै, तो नियाव कौन करे
1016. राजा होबो खाबो का
1017. राँड़, साँड़, सीढ़ी, संन्यासी, इनसे बचै तो सेवै कासी
1018. रात गई, बात गई
1019. रानी रूठेगी अपना सोहाग लेगी, क्या किसी का भाग लेगी
1020. रानों गावैं आन, भावानों गावैं आन
1021. राम बाण
1022. राम मिलाई जोड़ी, एक आंधर एक कोढ़ी
1023. राम-राम जपना, पराया माल अपना
1024. रायता फैलाना
1025. रियासत बेसियासत नहीं होती
1026. रेत की दीवार, ओछा यार, किसी के काम का नहीं
1027. रुई और आग का क्या साथ
1028. रुपया टूटा और भेली फूटी, फिर नहीं रुकती
1029. रुपया परखै बार-बार, आदमी परखै एक बार
1030. रुपया-पैसा हाथ का मैल है
1031. रुपए को रुपया कमाता है
1032. रुमाल/अंगौछा आधा खिदमतगार
1033. रूखी-सूखी खाय के, ठंडा पानी पीव। देख परायी चूपड़ी, मत ललचावे जीव।।
1034. रूठे को मनाएँ, फटे को सिलाएँ

1035. रूठेगा तो एक रोटी ज्यादा खाएगा
1036. रूप रोवै, भाग खाए
1037. रोग का घर खाँसी, लड़ाई का घर हाँसी
1038. रोजा माफ कराने गए, नमाज गले पड़ी
1039. रोटी न कपड़ा, सेंत–मेंत का रगड़ा
1040. लंका में सब बावन हाथ के
1041. लग्गी से घास खिलाना
1042. लँगड़ी बटेर आसमान पर घोंसला
1043. लँगड़े ने चोर पकड़ा, दौड़ो मियाँ अंधे
1044. लगन लगी है, खुदा रास लाए
1045. लगा तो तीर, नहीं तुक्का
1046. लगी बुरी होती है
1047. लगे दम, मिटे गम
1048. लगे रगड़ा, मिटे झगड़ा
1049. लजाई मरै, ढिठाई जियै
1050. लड़का बगल मा, ढिंढोरा शहर मा
1051. लड्डू कहने से मुँह मीठा नहीं होता
1052. लड़ाका के चार कान
1053. लड़ाई में फूल नहीं झड़ते
1054. लड़ाई में लडडू नहीं बँटते
1055. लड़ैतों के पीछे, भागतों के आगे
1056. लंतरानी/लतीनी हाँकना
1057. लंबी सूई, मस्तानी चाल, दैवो ना जानैं इनकै हाल
1058. लल्लू और जगधर
1059. लहू लगाकर शहीदों में शामिल होना
1060. लाग लगी तब लाज कहाँ
1061. लाचारी पर्वत से भारी
1062. लाज आँख में होती है
1063. लाठी मारे पानी अलग नहीं होता
1064. लातों के भूत, बातों से नहीं मानते

1065. लाद दे, लदा दे और घर तक पहुँचा दे
1066. लालच बुरी बलाय
1067. लाल बुझक्कड़ बनना
1068. लिखैं मूसा, पढ़ैं खुदा
1069. लेना न देना, जबानी जमा खर्च
1070. लोनिये का लोन गिरा, दूना हुआ
1071. लोमड़ी के शिकार को शेर का सामान चाहिए
1072. लोभ बराबर खोट नहीं
1073. लोहा लोहे को काटता है
1074. वह दिन गए, जब खलील मियाँ फाख्ता उड़ाते थे
1075. वह दिन गए, जब पसीना गुलाब था
1076. वहम की दवा लुकमान के पास भी नहीं
1077. वही दर दुआर, वही चूल्हे दुआर
1078. विनाश काले विपरीत बुद्धि
1079. विप्र पहरुआ, चेरि धन औ बिटियन की बाढ़। इतनेव से धन ना घटै, तौ कि हेउ बड़ेन से रार।।
1080. शकरखोरे को शकर मिल ही जाती है
1081. शकल चुड़ैलों की, मिजाज परियों का
1082. शरम की बहू, नित भूखी मरै
1083. शशोपंज में पड़ना/फँसना
1084. शिकार के वक्त कुतिया हगासी
1085. शिकारी शिकार करैं, अहमक साथ फिरैं
1086. शेर कब मुँह धोता है
1087. सकरे मा समधियान
1088. संगत ही गुन होत हैं, संगत ही गुन जांय
1089. सच बोलना, आधी लड़ाई मोल लेना
1090. सच्ची बात जो कहे, सबके दिल से उतरा रहे
1091. सत्तर गज की पगड़ी, सिर नंगा
1092. सत्तू मनभत्तू, कब घोरैं कब गूंधैं कब खाएँ कब चलैं। धान बिचारा भला, कूटा रींधा खाया चला।।

1093. सदा न फूलै तोरई, सदा न सावन होय। सदा न जोवन ठहर रहे, सदा न जीवै कोय।।
1094. सब कुत्ते काशी गए तो हंड़िया किसने चाटी
1095. सब जीते-जी का बखेड़ा
1096. सब दिन चंगे, त्योहार के दिन नंगे
1097. सब धान बाईस पसेरी
1098. सब बात खोटी, पहले दाल रोटी
1099. सब संसार मौत का खाजा
1100. सबसे भली चुप
1101. सिर का बोझ पाँव पर आता है
1102. सर्दी का मारा पनपे, अन्न का मारा न पनपे
1103. सिर बड़ा सरदार का, गोड़ बड़ा गँवार का
1104. सराय का कुत्ता, हर मुसाफिर का यार
1105. सलाह के लिए बुड्ढे, लड़ने के लिए जवान
1106. सस्ता रोवै बार-बार, महँगा रोवै एक बार
1107. ससुरार सुख कै दुआर, जो रहै दिना दुइ चार। जो रहै एक पखवारा, तौ हांथ म खुरपी बगल म खारा
1108. साख गए पर हाथ न आवै
1109. साँच कहे तो मारा जाय, झूठ कहे तो लड्डू खाय
1110. साँच को आँच नहीं
1111. साझे की खेती, गदहा न खाय
1112. साठा तौ पाठा
1113. सात समंदर पार
1114. साँप और चोर दबने पर चोट करता है
1115. साँप का काटा रस्सी से डरता है
1116. साँप का काटा सोवै, बिच्छू का काटा रोवै
1117. साँप का बच्चा सँपोला
1118. साँप का सिर ही कुचलते हैं
1119. साँप निकल गया, लकीर पीटते रहना
1120. साँप मरै ना लाठी टूटै

1121. साँप सब जगह टेढ़ा चलता है, लेकिन अपनी बाँबी में सीधा जाता है
1122. सांभर में नमक का टोटा
1123. सारा छप्पर जल गया, तब कंगन की बात पूछी
1124. सारी खुदाई एक तरफ, जोरू का भाई एक तरफ
1125. सारी रात मिमियाई, एक बच्चा बियाई
1126. सावन के अंधे को हरियाली ही सूझती है
1127. सावन हरे न भादौं सूखे
1128. सास गई गाँव, बहू कहे मैं क्या क्या खाँव
1129. सास बहू की लड़ाई, पड़ोसन करे हाथापाई
1130. साहब सलामत, गरज की
1131. सिर ठंडा, पेट नरम, पैर गरम
1132. सिर मुँड़ाते, ओले पड़े
1133. सिर पर पैर रखकर भागना
1134. सीख वाको दीजिए, जाको सीख सुहाय। सीख न दीजै बांदरा, कि घर बये का जाय।।
1135. सीना चौड़ा करके घूमना
1136. श्री गणेश करना
1137. सुघड़ी की बिटिया भली, कुघड़ी का पूत न भला
1138. सुनौ सबकी, करौ मन की
1139. सुबह का भूला शाम को आए तो उसे भूला नहीं कहते
1140. सुबह हुई, चूल्हे पर निगाह
1141. सुवा छेदै टाट को, तो पहले आप छिदाए
1142. सूकै केरी बादरी रही सनीचर छाय, भड्डर कहैं बिचार के बिनु बरसे ना जाय।
1143. सूता न कपासा, जुलाहे के घर लट्ठम लट्ठा
1144. सूना घर, बर्र का राज
1145. सूप बोलै तो बोलै, चलनी काहे बोलै जामें बहत्तर छेद
1146. सूम का धन शैतान खाय
1147. सूरज पर खाक डालकर छुपाया नहीं जाता
1148. सेज की मक्खी भी बुरी

1149. सेंत का धन, मौसिया कै सराध
1150. सेर का सवा सेर
1151. सैंया भये कोतवाल, अब डर काहे का
1152. सोते का मुँह कुत्ता चाटे
1153. सोने की कटारी पेट में नहीं मारते
1154. सोने से गढ़ाई महँगी
1155. सोहबत अच्छी, खाए नागर पान। सोहबत बुरी, कटवाए नाक और कान।।
1156. सौ चूहे खाय के चली बिलरिया हज
1157. सौ दिन चोर के तो एक दिन साह का
1158. सौ दिन सास के तो एक दिन बहू का
1159. सौ दोस्त, सौ दुश्मन
1160. सौ बात की एक बात
1161. सौ सयाने एक मत नहीं हो सकते
1162. सौ सोनार की, एक लोहार की
1163. हथेली में सरसों उगाना
1164. हमार तुम्हार कौन साथ, तुम कातिक हम बैसाख
1165. हराम का माल, गले में अटके
1166. हर्रे लगे न फिटकिरी, रंग चोखा होय
1167. हवन करते हाथ जलना
1168. हवा न लगना
1169. हवा लगना
1170. हंसुवा ठग
1171. हाकिम के अगाड़ी औ घोड़े के पिछाड़ी नहीं रहना चाहिए
1172. हाथ आया पर मुँह को न लगा
1173. हाथ उठाना
1174. हाथ कंगन को आरसी क्या, पढ़े-लिखे को फारसी क्या
1175. हाथ कै अर्सई, मोंछा टेढ़
1176. हाथ पकड़कर पहुँचा पकड़ना
1177. हाथ-पैर चलाना

1178. हाथ–पैर फूलना
1179. हाथ/पैर में मेहँदी लगी है
1180. हाथी के दाँत खाने के और, दिखाने के और
1181. हाथों मेहँदी पैरों मेहँदी, अपने काम औरों को देती
1182. हिम्मते मर्दां, मददे खुदा
1183. हिल्ले रोजी, बहाने मौत
1184. हिसाब कौड़ी का, बख्शीश लाखों की
1185. हींसा लेंय बराबर, गटई कोरमैं टेढ़
1186. होत भिनसार, बड़ी बिल खोदौं
1187. होश फाख्ता होना
1188. हौज भरैं, तो फव्वारा छूटै
1189. त्रिया चरित्र जाने नहिं कोई, खसम मारि के सत्ती होई
1190. त्रिया तेल, हमीर हठ चढ़े न दूजी बार

□□□